*I bawb sydd wedi mynd
ati i ddysgu Cymraeg, 'iaith y Nefoedd'.*

FI, A MR HUWS

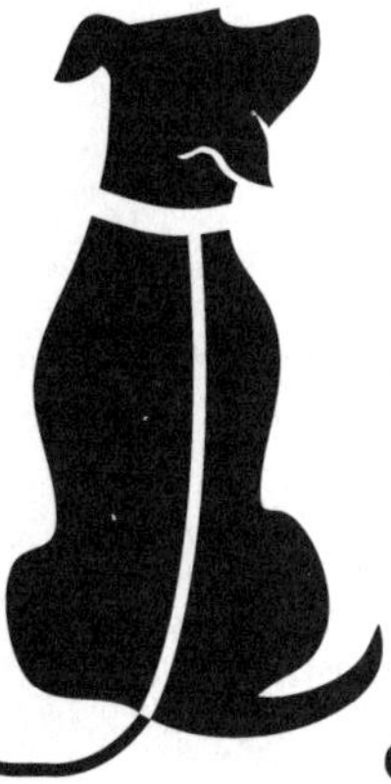

Mared Lewis

Argraffiad cyntaf: 2017
Ailargraffiad wedi ei addasu ar gyfer cyfres Amdani: 2024
© Hawlfraint Mared Lewis a'r Lolfa Cyf., 2017

Mae hawlfraint ar gynnwys y llyfr hwn ac mae'n anghyfreithlon llungopïo neu atgynhyrchu unrhyw ran ohono trwy unrhyw ddull ac at unrhyw bwrpas (ar wahân i adolygu) heb gytundeb ysgrifenedig y cyhoeddwyr ymlaen llaw

Cynllun y clawr: Sion Ilar

Rhif Llyfr Rhyngwladol: 978 1 80099 547 5

Dymuna'r cyhoeddwyr gydnabod cymorth ariannol
Cyngor Llyfrau Cymru

Cyhoeddwyd ac argraffwyd yng Nghymru
ar bapur o goedwigoedd cynaladwy gan
Y Lolfa Cyf., Talybont, Ceredigion SY24 5HE
e-bost ylolfa@ylolfa.com
gwefan www.ylolfa.com
ffôn 01970 832 304

1

"Help! Heeeelp!"

Ond doedd neb yn medru clywed, allan yn y môr mawr.

Ac roedd pethau'n mynd o ddrwg i waeth; daeth ton fawr dros ymyl y cwch. Ro'n i'n wlyb at fy nghroen.

Clywais i sŵn **taranau**'n isel ac yn agos, wrth i'r storm **nesáu**. Dechreuodd y tonnau fynd yn uwch ac yn uwch. Yna gwelais hi, y don fwyaf erioed, ton fel mynydd, yn dŵad yn nes ac yn nes ac yna'n torri drosta i gyd. Ro'n i'n **ymladd am fy ngwynt** ac yn **boddi**! Yn boddi…!

Eisteddais i fyny mewn braw a syllu o 'nghwmpas, ar y papur wal streipiog, ar y wardrob. Ac yna ar ddau lygad gwyrdd yn syllu'n flin arna i o ganol bwndel o ffwr llwyd.

Neidiodd Dwynwen y gath oddi ar y gwely ar ôl ychydig eiliadau. **Cerddodd linc-di-lonc** at y drws ac yna eistedd gan edrych arna i, ag un llygad wedi cau. Doedd hi ddim yn edrych yn rhy hapus 'mod i wedi difetha ei hwyl!

Syllais i'n ôl arni, y prif gymeriad yn fy **hunllef**. Ych a fi!

---

taran(au) – *thunder*
nesáu – *to come nearer*
ymladd am fy ngwynt – *fighting for my breath*
boddi – *to drown*
cerdded linc–di–lonc – *to walk nonchalantly*
hunllef – *nightmare*

Pam oedd hi wedi penderfynu **llyfu** fy wyneb i 'neffro i? Roedd hynna'n afiach!

"Cer! Dos!" Ac yna dyma fi'n gweiddi "Ben! Ben!" ar dop fy llais. Ben fy ngŵr oedd **pia**'r gath, ac roedd o wedi mynnu ei chael hi er ei fod o'n gwybod yn iawn 'mod i ddim yn hoffi cathod o gwbwl.

Roedd y gath wedi cael aros ar yr amod mai fo, Ben, oedd yn **ymdopi â** hi os oedd hi'n creu trafferth. Felly lle roedd o rŵan?

Dal i eistedd wrth y drws oedd Dwynwen. Doedd hi ddim yn gwneud llawer ar gyfer 'PR' cathod, meddyliais. Roedd hi'n arfer cerdded o gwmpas y tŷ fel tasai hi pia'r lle ac yn talu'r morgais! Roedd rhoi enw santes i'r blwmin gath wedi bod yn gamgymeriad.

Roedd Caio'r mab yn medru gwneud yn iawn efo hi hefyd a dweud y gwir, a'r ddau'n hoff o'i gilydd. Roedd y ddau'n arfer eistedd ar y soffa fel dau hen ffrind; bron na fasech chi'n meddwl bod Caio hefyd yn **canu grwndi**, nid jest y gath! Reit, lle oedd Caio, 'ta?

"Caio? Caio!"

Roedd hyn yn **hurt**! Do'n i ddim yn mynd i gael **fy nal yn wystl** gan gath yn fy stafell wely fy hun! Felly mi ddes i allan o'r gwely yn araf, araf, a gan gerdded o gwmpas y gath yn ofalus,

---

llyfu – *to lick*
pia, piau – *to own*
ymdopi (â) – *to cope (with)*
canu grwndi – *to purr*
hurt (gog) = **dwl (de)** – *silly*
fy nal yn wystl – *to hold me hostage*

ofalus, agorais y drws. Aeth Dwynwen allan o'r stafell fel **mellten**, yn amlwg eisiau mynd allan i'r ardd i bi-pi. A do'n i ddim eisiau mentro cael Llyn Ogwen arall ar lawr y gegin, oedd yn digwydd weithiau pan oedd Dwynwen eisiau protestio! Do'n i ddim yn y mŵd heddiw!

Llusgais i fy hun i lawr y grisiau ar ôl y gath, gan **fwmian** yn flin dan fy ngwynt.

Lle roedd pawb?

Yn od iawn, dim ond wedyn sylwais i go iawn ar y distawrwydd. Roedd pob man yn dawel fel y bedd. Mi faswn i'n medru clywed waliau'r tŷ yn anadlu taswn i'n gwrando'n ofalus iawn, dw i'n siŵr. Doedd **dim smic** yn unman.

Baswn i wedi rhoi unrhyw beth i gael rhyw fath o sŵn y foment honno. Roedd y distawrwydd ofnadwy yn fy nychryn i.

Ro'n i ar fin gweiddi "Ben? Caio?" eto, ond stopiais i. Doedd 'na ddim pwynt oedd 'na? Fasai 'na ddim ateb. Doedden nhw ddim adra. A fasai Caio ddim adra am wythnosau.

Hwn oedd y diwrnod ro'n i wedi ei ofni ers misoedd. Caio oedd yr unig fab. Er bod Ben a **finnau** wedi trio am fabi am flynyddoedd ar ôl priodi, chawson ni ddim lwc o gwbwl. Roedden ni wedi meddwl mai fel'na roedd pethau i fod, ac wedi prynu car MG bach newydd efo sedd i ddau. Yna mi wnes i ddarganfod 'mod i'n disgwyl babi. Pan wnaeth Caio gyrraedd

---

mellten – *lightning*
llusgo – *to drag*
mwmian – *to mutter*
dim smic – *not a sound*
finnau, innau – *me (too)*

i'r byd efo'i wallt melyn a'i lygaid hapus, roedd Ben a finnau **ar ben ein digon**. Ac er i ni drio am frawd neu chwaer fach i Caio, wnaeth hynny ddim digwydd. Caio oedd **cannwyll ein llygad**. A heddiw roedd y teulu wedi chwalu. Roedd Caio wedi gadael.

"Miaw!"

Roedd blwmin Dwynwen wrth fy nhraed eto, yn rhwbio yn erbyn fy nghoesau ac yn **swnian** i gael mynd allan. Â chroeso, meddyliais, ac agor y drws cefn iddi. Cerddodd allan **yn llances** i'r ardd. (Dyna rywbeth arall sy'n gas gen i am gathod. **Sgynnyn nhw ddim ymdeimlad o greisys** a dydyn nhw'n poeni dim am deimladau neb arall.)

Eisteddais wrth fwrdd y gegin fel robot, heb roi'r tegell 'mlaen, heb fynd i nôl powlen o'r cwpwrdd i gael brecwast na dim. Ro'n i'n gallu gweld o'r gegin drwodd i'r cyntedd ac at y drws ffrynt.

Sylwais i fod pob man yn daclus. Fel arfer, mae'n tŷ ni yn edrych fel tasai bom wedi glanio arno. Ond roedd heddiw'n wahanol: dim bagiau yn y **cyntedd**, dim esgidiau pêl-droed **budr** wrth droed y grisiau... Doedd dim cotiau a chrysau wedi cael

---

ar ben ein digon – *on top of the world (lit. on top of our enough)*
cannwyll ein llygad – *the apple of our eye (lit. candle of our eye)*
swnian – *to whinge*
yn llances – *high and mighty (lit. a young lady)*
Sgynnyn nhw ddim = does ganddyn nhw ddim (gog) = does dim ... gyda nhw (de)
ymdeimlad o greisys – *a sense of crisis*
cyntedd – *hallway*
budr (gog) = brwnt (de) – *dirty*

eu taflu dros ochr y gadair yn y gegin… Dim platiau budr yn y sinc.

Yna sylwais ar yr un plât oedd wrth ymyl y sinc, ac un darn o dost wedi ei adael ar ôl arno. Roedd yn edrych mor unig.

Gadawais i'r gegin ar frys a dringo'n ôl i fyny'r grisiau, ac yna aros ar ôl cyrraedd y top. Roedd drws stafell wely Caio ar gau. Gan gymryd anadl fawr, agorais y drws, cerdded i mewn, ac eistedd ar ei wely. Am y tro cynta ers blynyddoedd, doedd 'na ddim llanast ar y llawr, roedd y bwrdd yn hollol glir o bapurau, y bin sbwriel yn wag. Ar y waliau roedd wyneb Che Guevara'n edrych i lawr arna i, fel tasai o'n dweud, "Wel? Pam ti'n gneud ffws? Dim ond wedi mynd i'r brifysgol mae o!"

Agorais y wardrob. Roedd ychydig o ddillad yn hongian yno, rhyw grysau T a chrysau chwys roedd o wedi eu gadael ar ôl. Edrychais ar un ohonyn nhw, un glas a FLORIDA KEYS wedi ei **sgwennu** ar draws y tu blaen. Gwyliau da oedd hwnnw. Gwyliau olaf y tri ohonon ni fel teulu? Efallai. Rhyfedd fod Caio ddim eisiau mynd â'r crys i gofio am y gwyliau hwnnw. Gafaelais i yn y crys a'i dynnu ata i, a **phlannu** fy mhen ynddo. Ac oedd! Roedd **arogl** arbennig Caio yn cuddio yno. Caeais fy llygaid ac anadlu i mewn.

Canodd fy ffôn symudol ymhell yn rhywle, ond chymerais i ddim sylw. Do'n i ddim yn medru ei ateb, dim ond eistedd yno ar wely Caio heb symud, yn cuddio fy mhen yn ei grys.

---

sgwennu (gog) = ysgrifennu
plannu – *to bury (lit. to plant)*
arogl, ogla – *(a) smell*

2

Roedd hi tua hanner awr erbyn i mi fedru gadael stafell Caio a chau'r drws arno fo.

Camgymeriad oedd peidio â mynd efo'r ddau ohonyn nhw, meddyliais i. Dylwn i fod wedi neidio i'r car a bod yno i ffarwelio wrth ddrws ei stafell yn y coleg. Y gwir oedd, ro'n i ofn y basai hynny'n waeth i bawb. Cytunodd Ben y basai hi'n well i mi aros adra a ffarwelio neithiwr gan y bydden nhw'n cychwyn yn gynnar. Ond do'n i ddim wedi disgwyl teimlo mor ofnadwy â hyn yn y tŷ gwag.

Roedd y ffôn ar y bwrdd bach yn y cyntedd yn **fflachio** i ddweud bod gen i neges.

Meic o'r gwaith oedd ar y ffôn. Roedd o wedi gadael ei neges fach fywiog arferol ar y peiriant ateb:

"Haia Lena! Ti'n iawn, boi? Problam efo heno. Rhian methu dŵad i mewn, **fedri** di **neud** ei shifft hi efo fi? Y rhaglen hwyr? Ffonia fi, ia? Ta-raaaa!"

Un da oedd Meic, ac roedd ei gwmni'n siŵr o wneud i mi deimlo'n well, meddyliais. Mi fasai o'n medru ennill gwobr drwy Gymru am siarad, ond roedd o'n medru bod yn ddistaw hefyd

---

fflachio – *to flash*; yn fflachio – *flashing*
medru = gallu
neud (gog llafar) = (g)wneud

pan oedd raid. Ac roedd **gwrandawyr** yr orsaf radio fach leol wrth eu bodd efo fo, o weld y llythyrau oedd yn cyrraedd yr orsaf efo enw Meic arnyn nhw! Llythyrau gan ferched dros eu saith deg oedd y rhan fwya ohonyn nhw, fel arfer. Roedd Meic yn gallu gwneud iddyn nhw deimlo'n ifanc eto, meddai un **galwr** unwaith, ac un arall yn dweud ei fod o'n 'donic'. Er bod gen i dros bymtheg mlynedd tan faswn i'n cyrraedd y saith deg, roedd Meic yn gallu gwneud i mi deimlo'n well bob tro hefyd. Fel arfer...

Gweithio mewn ffatri **gemegol** leol o'n i ers ugain mlynedd, ac ro'n i wrth fy modd efo'r gwaith. Roedd cael gweithio mewn lle prysur a chael cyfarfod gwahanol bobol yn ddiddorol iawn. Ond roedd cwmni anferth wedi prynu'r gwaith ryw flwyddyn yn ôl, ac roedden nhw eisiau lleihau faint o bobol oedd yn gweithio yno. Daeth enw newydd, logo newydd, a llawer o wynebau newydd hefyd o'r ffatri arall yng **Nghaer**. Mi wnaeth llawer ohonon ni golli'n gwaith yno, llawer iawn yn staff efo lot o brofiad. Llawer iawn o staff dros hanner cant. Fel fi.

Ro'n i adra yn gwneud dim byd am tua dau fis, ac wedyn gwelais i hysbyseb yn ffenest y siop bapur newydd yn dweud bod Radio'r Dref Wen yn chwilio am rywun i helpu ar y rhaglen hwyr ambell i noson. Doedd gen i ddim byd i'w golli, felly **dyma fi'n anfon** e-bost a CV at enw'r person **ar waelod yr hysbyseb**. A

gwrandäwr, gwrandawyr – *listener(s)*
galwr, galwyr – *caller(s)*
cemegol – *chemical*
Caer – *Chester*
dyma fi('n anfon) = mi wnes i (anfon)
ar waelod yr hysbyseb – *at the bottom of the advert*

dyna ni! Meic oedd y person hwnnw, ac roedd hi'n amlwg bod y ddau ohonon ni'n **mynd i yrru 'mlaen** yn dda efo'n gilydd.

Ond doedd gen i ddim amynedd gweld unrhyw un heddiw. Ddim hyd yn oed Meic.

Anfonais i neges yn ôl ato:

```
Dwi ddim yn teimlo'n grêt! Caio wedi gadael
heddiw! ☹ Oes rhywun arall?
```

Mi ges i neges yn ôl yn **syth bìn**.

```
Nac oes! Dwi'n desbret! Rhaid newid ☹ i ☺
felly! M x Plis?
```

Gwenais. Os oedd unrhyw un yn mynd i wneud i mi deimlo'n well heddiw, Meic oedd hwnnw. Sgwennais ateb yn ôl a'i anfon cyn i mi newid fy meddwl.

```
Iawn. Wela i di am 7. L x
```

A difaru'n syth.

---

mynd i yrru 'mlaen yn dda – *going to get on well*
syth bìn – *straight away*

3

Aeth gweddill y diwrnod heibio **rhywsut**. Mi wnes i 'ngorau i gadw'n brysur. Am unwaith, ro'n i eisiau i'r tŷ fod yn **flêr** fel 'mod i'n cael rhywbeth i'w wneud a'i dacluso! Pam oedd Ben wedi mynd i drafferth a thacluso'r lle!

Ro'n i'n cofio pan aeth Caio i ffwrdd i wersyll yr Urdd yng Nglan-llyn am benwythnos. Doedd y tŷ erioed wedi edrych yn lanach! Mae'n siŵr y basai **seicolegydd** yn **cael modd i fyw** efo fi!

Mi es i allan i'r ardd i wneud tipyn bach o chwynnu, a thorri topiau'r blodau oedd wedi marw. Roedd hwn yn amser hyfryd o'r flwyddyn pan oedd y coed yn dechrau bwrw dail oren a melyn ar hyd y lle, fel carped. Ac eto, roedd 'na rywbeth trist am yr amser hefyd. Yn yr ardd, **roedd gynnon ni** flodyn piws o'r enw Ffarwél Haf achos roedd o'n **blodeuo** tua mis Medi. Ro'n i wastad yn teimlo bod yna harddwch a thristwch yn y blodyn hwnnw.

Roedd hi'n rhy wlyb i dorri'r glaswellt, gan ei bod hi wedi bwrw glaw yn ystod y nos. (Dim breuddwyd i gyd oedd y storm, felly!) Penderfynais fod y ffenestri yn edrych yn fudr, felly es i'r

---

rhywsut – *somehow*
blêr (gog) = **anniben (de)**
seicolegydd – *psychologist*
cael modd i fyw – *to be extremely happy (lit. to have means of living)*
roedd gynnon ni (gog) = **roedd gyda ni (de)**
blodeuo – *to flower*

garej a nôl y bwced a'r sbwng er mwyn eu glanhau. Aeth tua awr a hanner arall heibio.

Erbyn hyn, roedd hi'n amser cinio, felly yn lle aros yn y tŷ gwag ar fy mhen fy hun, cerddais i i'r dre a chael cinio mewn caffi. Archebais i goffi Americano a thaten bob efo ffa pob a chaws ar ei phen. Wnes i ddim sylweddoli tan ar ôl i mi archebu mai dyna oedd hoff fwyd Caio. Pa mor bathetig o'n i? Mi fasai Caio'n chwerthin ar fy mhen i!

Roedd hi'n deimlad od eistedd yno ar fy mhen fy hun, a dweud y gwir, a phawb arall yn eistedd efo teulu neu ffrind neu ddau, neu yn brysur yn gwneud gwaith ar iPad. Fel hyn oedd hi'n mynd i fod o hyn ymlaen? Gan fod Ben yn gweithio oriau hir, a Caio i ffwrdd yn y coleg, fel hyn faswn i'n treulio fy niwrnodau? Ar fy mhen fy hun yn y tŷ neu'n treulio oriau'n crwydro drwy'r dre, yn eistedd mewn caffis wrth fwrdd i un? Roedd Jen fy ffrind yn dal i weithio o naw tan bump, felly **doedd ganddi hi ddim** llawer o amser i gyfarfod, dim ond ar benwythnosau neu gyda'r nos. Ac ro'n i'n gweithio yn yr orsaf radio am bedair noson yr wythnos, o leia.

Penderfynais i drio ffonio Caio, ond doedd dim ateb. **Ella ei fod o wrthi** yn cael trefn ar ei stafell newydd yn y **neuadd breswyl**, neu wedi mynd lawr i'r dafarn yn barod efo'i ffrindiau newydd. Roedd hi'n rhyfedd meddwl amdano fo mewn stafell ac mewn lle **hollol newydd**, a wynebau newydd yn rhan o'i fywyd.

---

doedd ganddi hi ddim (gog) = doedd gyda hi ddim (de)

Ella (gog llafar) = (E)fallai

bod wrthi – *to be busy (lit. to be at it)*

neuadd breswyl – *hall of residence*

hollol newydd – *completely new*

Ceisiais i ffonio Ben wedyn, ond doedd o ddim ar gael chwaith. Ella ei fod o'n gyrru adra, neu yn dal i helpu Caio i **ddadbacio**. Ysgrifennais i neges destun at Ben, yn gofyn tua pryd fasai o adra ac yn dweud y baswn i'n gwneud shifft brys efo Meic.

   Ar ôl talu yn y caffi, galwais i yn siop y cigydd a phrynu digon o gig i'w roi yn y rhewgell, ac yna prynais i fara. Galwais yn yr archfarchnad fach wedyn a phrynu llysiau a ffrwythau. Wnes i ddim cofio 'mod i wedi gadael y car adra, felly roedd rhaid i mi gario'r bagiau i gyd yr holl ffordd yn ôl i'r tŷ.

   Ro'n i'n teimlo dipyn bach yn well ar ôl **gwagio**'r bagiau a llenwi'r rhewgell a'r bowlen ffrwythau. (Does dim byd gwaeth na rhewgell wag!) Dim ond ar ôl eistedd i lawr gwnes i feddwl sut oedd Ben a fi yn mynd i fwyta'r holl bethau, dim ond y ddau ohonon ni.

   Yna clywais i sŵn crafu ar y drws gwydr oedd yn arwain at yr ardd. Roedd Dwynwen y gath yn edrych arna i'n **druenus**, yn amlwg eisiau dŵad i mewn o'r oerfel a chael byw fel brenhines ar y soffa.

   Codais i a gadael y gegin heb agor y drws iddi hi.

   Ond erbyn i mi gyrraedd y lolfa, ro'n i wedi newid fy meddwl ac wedi troi'n ôl ac agor y drws. Roedd hyd yn oed cwmni Dwynwen yn well na dim!

---

dadbacio – *to unpack*
gwagio – *to empty*
truenus – *forlorn*

4

Cyrhaeddais i safle Radio'r Dref Wen yn gynnar. Roedd digon o lefydd yn y maes parcio, gan fod y rhan fwya o'r staff dydd wedi mynd adra erbyn hyn. Dim ond llond llaw o bobol oedd o gwmpas ar gyfer y rhaglen hwyr gyda'r nos. Sylwais i fod car Meic yno'n barod, ond roedd ganddo fo fwy o bethau i'w trefnu na fi.

Arhosais i yn y car am tua deg munud a thrio rhif ffôn Caio eto. Y tro yma, mi ges i ateb. Dechreuodd fy nghalon i guro fel taswn i'n siarad â rhywun **diarth**, nid efo fy mab fy hun!

"Caio? Mam sy 'ma."

"Haia Mam, **dach chi**'n iawn?"

Roedd pob dim mor normal, fel tasai o i lawr y lôn.

"Dach chi wedi cyrraedd felly? Dwi 'di bod yn trio ffonio ers…"

"Sori? Mam? Sori, **dwi'm** yn medru clywed yn dda iawn!"

Roedd yna sŵn miwsig uchel yn y cefndir, ac ro'n i'n meddwl 'mod i'n clywed sŵn pobol yn siarad ac yn chwerthin.

"Deud o'n i 'mod i wedi bod yn trio…" Penderfynais i droi'r sgwrs. "Dim ond isio gwbod bo **chdi**'n iawn ydw i. Ti wedi

---

diarth (gog) = dierth (de) – *strange*

dach chi (gog) = dych chi (de)

dwi'm = dw i ddim

chdi (gog llafar) = ti

dadbacio pob dim? Ydy'r stafell yn neis? Ti wedi cyfarfod pobol newydd...?"

Saib. Yna:

"Be...? Sori? Dwi ddim yn medru... Mam, wna i drio ffonio chi 'fory, iawn? Dwi ym mar yr **Undeb** a dwi ddim yn medru clywed gair dach chi'n ddeud, bron iawn. (SAIB ARALL). Siaradwch efo Dad, gewch chi'r hanes ganddo fo, iawn? **Ylwch**, ma raid i mi fynd. Ta-ra!"

"Iawn, Caio... Bydd... bydda'n ofal... us." Ond roedd Caio wedi diffodd y ffôn. "Bydda'n ofalus," meddwn i eto, wrth y car gwag.

Roedd yna hogan ifanc wrth y dderbynfa pan gerddais i mewn. Roedd hi'n gwisgo du **o'i chorun i'w sawdl**, ac roedd colur yn dew o amgylch ei llygaid a **minlliw** piws ar ei gwefusau.

"Helô, ga i'ch helpu chi?" meddai'r Goth glên.

"Dwi'n gweithio ar y rhaglen efo Meic. Lena Richards," dywedais i, gan **estyn** fy llaw. "Dach chi'n newydd yma?"

"**Yndw**, wedi dechra ers neithiwr. Seren. Seren Smith," meddai, a gwenu'n **serennog** ac estyn llaw ata i. Sylwais i ar y fodrwy

---

saib – *(a) pause*

Undeb – *Union*

ylwch (gog llafar) = edrychwch

o'i chorun i'w sawdl – *from head to toe (lit. from the top of her crown to her heel)*

minlliw – *lipstick*

estyn – *to reach (out), to extend*

yndw (gog llafar) = ydw

serennog – *starry, spangled*

penglog yn **sgleinio** ar ei bys canol. "Dwi'n dechra dŵad i nabod pawb yn araf bach."

"Dwi'n siŵr fyddwch chi'n hapus iawn yma, Seren."

"Newydd orffen yn Ysgol Glan Menai dwi. Do'n i ddim isio mynd i'r coleg, dwi'n gobeithio gweithio fy ffordd i fyny yn fan'ma. Dwi wastad wedi bod isio gweithio i orsaf radio!" meddai'n fywiog.

"Syniad da iawn, Seren. Sdim rhaid i bawb fynd ffwrdd i'r coleg oes 'na?"

Do'n i ddim eisiau siarad mwy efo hi heno, er ei bod hi'n **glên** iawn. Do'n i ddim eisiau meddwl pa mor braf fasai hi tasai Caio hefyd isio aros adra yn lle mynd i'r coleg!

Ffarweliais i â Seren a cherdded i fyny'r grisiau tuag at y swyddfa drws nesa i'r stiwdio recordio, y swyddfa lle roedd Meic a fi'n arfer paratoi 'chydig cyn mynd ar yr awyr.

Roedd Meic yn syllu ar sgrin y cyfrifiadur pan es i mewn. Cododd ei ben, gwenu a dŵad ata i yn syth, gan roi cwtsh mawr i mi.

"Iawn, mêt?" gofynnodd.

Do'n i ddim wedi meddwl y basai'r dagrau'n llenwi fy llygaid. Ro'n i'n iawn, wedi crwydro o gwmpas y tŷ a'r dre fel dipyn bach o *zombie* ella, ond ro'n i'n **tsiampion**. Tan yr hyg gan Meic, a'r "iawn, mêt" bach annwyl ganddo.

---

penglog – *skull*

sgleinio – *to shine; shining*

clên, yn glên – *affable, kind*

tsiampion (gog llafar) – *champion*

Rhoddodd Meic gyfle i mi **ddŵad ataf fy hun** am ychydig funudau, ac yna aeth i nôl hances i mi.

"Yli, jest i chdi gael **dallt**, Lena, gei di ryw ddwy hances am ddim gin i, ond os ti'n defnyddio mwy, bydd rhaid i mi ei dynnu o allan o dy gyflog di, iawn?"

Chwarddais drwy'r dagrau.

"Be dwi'n mynd i'w neud, Meic? Hebddo fo!"

"**Dŵad i ben.** Ymdopi."

"Digon hawdd i chdi ddeud!"

"A finna'n hen foi bach trist heb ddim plant, ti'n feddwl? Diolch!"

Edrychais i fyny ar Meic ond doedd o ddim wedi cael ei frifo go iawn. Rhoddais i **bwniad chwareus** i'w fraich.

"Ti'n dallt be dwi'n feddwl, Meic! Dwi jest methu meddwl fod o 'di mynd. 'Mod i ddim yn mynd i'w weld o'n y tŷ am... am wythnosau!"

"Dim dillad budr, dim aros i fyny yn disgwyl iddo fo ddŵad adra o ryw barti, dim gorfod ei lusgo fo allan o'i wely er mwyn dal y bws ysgol... A ti'n crio?!"

Chwarddais eto. Roedd Meic yn gwneud i mi deimlo'n well yn barod.

"A mi fyddi di a Ben yn cael cyfle i fod yn gwpwl eto, yn gariadon, ddim jest yn fam a thad a gyrwyr tacsi."

---

dŵad ataf fy hun (gog) = dod ataf fy hun (de) – *to come back to myself*
dallt (gog) = deall (de)
chwarddais – *I laughed*; chwarddodd – *(s)he laughed*
dŵad i ben (gog) = dod i ben (de) – *to get through it*
pwniad chwareus – *a playful nudge*

Tynnais i'n ôl, heb ei ateb.

"Reit, gobeithio fydd 'na lot o bobol yn ffonio mewn heno 'ma, 'de Meic. Dwi'n bwriadu cadw mor brysur â phosib, iawn?"

Gwenodd Meic.

"Ma hynna'n well. Gei di ddechra drwy eistedd yn fanna a mynd drwy'r rhestr o ganeuon sgen i ar gyfer heno i weld be ti'n feddwl. Mi wna i banad i ni."

Aeth gweddill y noson yn iawn, efo nifer dda o bobol yn ffonio i mewn i siarad. Y pwnc oedd 'Yr hydref – ydach chi'n ei groesawu **ai peidio**?' Roedd yn bwnc difyr, efo digon o gyfle i bobol siarad am bethau gwahanol.

Ffoniodd Jac o Fangor i ddweud ei fod o'n licio'r ffaith ei bod yn **nosi**'n gynnar, er mwyn iddo fo gael cyfle i ddarllen o flaen tân mawr braf. Ffoniodd Ffion o Bontypridd i ddweud ei bod hi wrth ei bodd yn cadw ei dillad haf mewn **cist** fawr a thynnu allan siwmperi'r gaeaf. Ffoniodd athrawes i gwyno am y siopau oedd yn rhoi arwyddion ''Nôl i'r ysgol', a hynny cyn diwedd Gorffennaf. Roedd y peth **yn warthus**, meddai. Daeth un alwad gan rywun oedd eisiau defnyddio enw **ffug** ('Frank'). Dywedodd fod yn gas ganddo'r hydref a misoedd y gaeaf, a'i fod yn mynd yn ddigalon iawn oherwydd bod 'na lai o olau dydd.

Gwrandawodd Meic ar bob un gan siarad pan oedd angen,

---

ai peidio – *or not*
nosi – *to become night*
cist – *chest*
gwarthus – *despicable*
ffug – *fake*

yn tynnu coes ambell un ac yn cynnig cyngor a chefnogaeth i **eraill**.

Erbyn i'r rhaglen orffen am 11 o'r gloch, ro'n **i'n wên o glust i glust**, ac yn edrych ymlaen at fynd yn ôl adra at Ben a chlywed am Caio.

---

eraill – *others*
yn wên o glust i glust – *beaming (lit. smiling from ear to ear)*

5

Roedd y tŷ yn dywyll pan gyrhaeddais i adra. Dechreuais i boeni'n syth. Dylai Ben fod wedi dŵad yn ôl erbyn hyn! Rhyw bedair awr oedd y **siwrnai** o'r brifysgol yng **Nghaerlŷr**, yn ôl y we, ac ella pum awr os oedd Ben wedi stopio am rywbeth i'w fwyta ar y ffordd yn ôl. Dylai o fod adra ers oriau, felly!

Cyn camu allan o'r car, edrychais i ar fy ffôn symudol eto. Na, doedd 'na ddim neges gan Ben yn dweud ei fod o wedi penderfynu aros yn rhywle am ei fod o wedi blino neu rywbeth felly, dim neges yn sôn am draffig, cawod o eira **annisgwyl**, daeargryn, dim byd!

Er 'mod i'n poeni, roedd y pedair awr yng nghwmni Meic wedi gwneud i mi deimlo dipyn bach gwell am Caio yn mynd i ffwrdd. Dechreuais hymian un o'r caneuon roedden ni wedi ei chwarae ar y rhaglen wrth wthio'r **goriad** i mewn i'r **twll clo**. 'Yma o Hyd' gan Dafydd Iwan oedd hi, un o fy hoff ganeuon i yn y byd. Cân i roi nerth.

Es i mewn i'r lolfa i **tsiecio**'r ffôn un waith eto cyn mynd am y

siwrnai – *journey*
Caerlŷr – *Leicester*
annisgwyl – *unexpected*
goriad (gog) = allwedd (de)
twll clo – *keyhole*
tsiecio (gog llafar) – *to check*

gwely, rhoi'r golau ymlaen a **rhewi**.

Dyna lle roedd Ben yn eistedd yn ei sedd arferol, yn gafael mewn clustog ac yn syllu o'i flaen. Roedd o'n gwisgo ei gôt o hyd. Cymerodd ychydig eiliadau iddo fo sylweddoli bod y golau wedi dod ymlaen, a 'mod i'n sefyll yno uwch ei ben.

"O, ti adra!" meddai fo, a gwenu'n wan.

"A titha adra!" medda fi. "Ac yn eistedd yn y tywyllwch! Ti'n iawn?"

Edrychodd arna i fel tasai o ddim wedi deall y cwestiwn yn iawn.

"Y… ym… Mae'n amsar gwely, ma'n siŵr, felly, tydy? Dwi am fynd fyny, 'ta."

Safodd ar ei draed, a thynnu ei gôt, fel tasai pob dim yn normal.

"Ben?" Do'n i ddim yn medru credu ei fod o'n ymddwyn mor od. Ro'n i eisiau dweud: "Ers faint ti'n eistedd yna yn y tywyllwch! Pam wnest ti ddim ffonio fi i ddeud bod chdi ar dy ffordd, neu i ddeud bo chdi wedi cyrraedd adra! Dwi isio sgwrsio efo chdi! Ti'm yn dallt? Dwi isio gwbod pob dim, am stafell Caio, am sut hwyl oedd arno fo pan wnest ti ffarwelio, am…"

Ro'n i eisiau dweud hynna i gyd. Ond wnes i ddim. Y cyfan ddywedais i oedd:

"Iawn, fydda i fyny mewn munud."

A dyna ni!

Wrth i mi wrando ar Ben yn mynd i fyny'r grisiau, cofiais i am be oedd Meic wedi'i ddweud: "Mi fyddi di a Ben yn cael cyfle i fod yn gwpwl eto, yn gariadon."

---

rhewi – *to freeze*

Daeth Dwynwen y gath i mewn i'r stafell, wedi ei deffro gan fy sŵn i'n cyrraedd adra a'r sgwrs wedyn, mae'n siŵr.

"A gei di gau dy geg i ddechra!" **meddwn i** yn flin wrth y gath, gan symud at waelod y grisiau a dechrau dringo.

meddwn, meddwn i – *I said*

6

Wnes i ddim cysgu'n dda iawn y noson honno. Roedd Ben yn **troi a throsi** drwy'r nos, a phan agorais i fy llygaid i edrych arno unwaith, roedd o'n **hollol effro** ac yn syllu ar y to. Ddywedais i ddim byd.

Penderfynais i wneud brecwast neis i'r ddau ohonon ni y bore wedyn, er mwyn trio codi calon Ben. Fel arfer, dim ond **creision ŷd** a phanad sydyn roedden ni'n ei gael, ond roedd Ben wrth ei fodd efo bacwn ac wy a **bara saim** pan oedd o'n cael cyfle i'w mwynhau nhw.

Pan ddaeth Ben i lawr y grisiau, roedd golwg ofnadwy arno fo, gyda bagiau duon o dan ei lygaid a'i groen yn llwyd. Doedd o ddim wedi cysgu winc, o edrych arno fo. Ond roedd y bwrdd brecwast yn y gegin yn edrych yn arbennig, fel bwrdd mewn gwesty crand!

Ond wnaeth Ben ddim sylwi. Ddywedodd o ddim gair, dim ond eistedd wrth y bwrdd a **thywallt** te o'r tebot iddo fo'i hun.

"Tybed sut gysgodd Caio neithiwr?" gofynnais i'n ofalus. "Gwell na chdi a fi, gobeithio!"

---

troi a throsi – *to toss and turn*

hollol effro – *wide awake (lit. completely awake)*

creision ŷd – *corn flakes*

bara saim – *fried bread*

tywallt (gog) = arllwys (de) – *to pour*

Gwnaeth Ben ryw sŵn yn ei **wddw**, ond ddywedodd o ddim byd.

"Sut wely sgynno fo, 'ta? Sut stafell? Ydy hi'n fawr? Sgynno fo ddigon o le? Ydy'r neuadd breswyl yn agos at lle fydd y darlithoedd...?"

Tarodd Ben y bwrdd efo'i law nes oedd y lle yn **crynu**. Eisteddodd y ddau ohonon ni heb ddweud gair.

"S... sori! Sori, Lena! Wnei di stopio? Plis wnei di jest..."

"Dwi'n dallt," meddwn, ond do'n i ddim yn siŵr 'mod i'n dallt o gwbwl. "Yli, Ben. Ma hyn... yn mynd i fod yn... anodd. I'r ddau ohonon ni. Rydan ni wedi arfer ei gael o yma... Ond... beth am i ni fynd allan heno? Dwi'm isio aros yn y tŷ distaw 'ma. Awn ni allan, ia? Fel yr hen amsar. Jest ti a fi?"

"Fedra i ddim. Sori."

"O! Ond o'n i'n meddwl ella..."

"Heno. Fedra i ddim dŵad allan efo chdi heno. Ma gin i... gyfarfod."

"Heno? Ond pa gyfarfod sgen ti?"

Ond atebodd o mona i, dim ond **troi'r stori**.

"Oes 'na fwy o de yn y pot? A mae 'na ogla da iawn ar y bacwn 'na! Fydd rhaid i ti fod yn ofalus neu fydda i'n dechra mynd yn dew!"

Fe fwyton ni weddill y brecwast fel tasai'r **ffrae** fach erioed

---

gwddw – *throat, also neck*
crynu – *to shake*
troi'r stori – *to change the subject*
ffrae – *quarrel*

wedi digwydd, fel tasai pob dim yn **siort orau**!

Aeth Ben allan ganol y bore. Roedd ganddo ddiwrnod i ffwrdd o'r gwaith beth bynnag, ac ro'n i 'di meddwl y basai'r ddau ohonon ni'n medru mynd i'r dre neu fynd am dro ar hyd y traeth efo'n gilydd. Ond ar ôl ei ymateb amser brecwast, do'n i ddim yn mynd i awgrymu'r fath beth.

Dwn i'm pam ffoniais i Mags. Roedd Mags yn arfer gweithio yn yr un cwmni â fi ond roedd hi wedi ymddeol ers tua deng mlynedd. Fasech chi byth yn medru dweud ei bod hi'n hŷn na fi, roedd hi'n edrych yn ifanc ac yn **andros o gês**. Person perffaith i godi calon, felly – mae'n siŵr mai dyna pam wnes i ffonio!

"Sut wyt ti ers oesoedd? Braf clywed dy lais di, Lena," meddai Mags yn glên.

"Ti isio cyfarfod am ginio i ni gael sgwrs? Dal fyny efo pob dim?" gofynnais.

"Fedra i ddim heddiw, dwi'n peintio tu allan i'r tŷ," meddai Mags (ddywedais i ei bod hi'n llawn egni, do?).

"Heno, 'ta?"

"Sori. Dwi allan heno."

"O!"

Mae'n rhaid bod Mags wedi sylwi ar y **tinc siomedig** yn fy llais i, oherwydd wedyn meddai,

"Pam wnei di ddim dŵad efo fi heno?"

"I le ti'n mynd?"

---

siort orau – *spot on!*
dwn i'm (dw i ddim yn gwybod) – *I don't know*
andros o gês – *a real character*
tinc siomedig – *disappointed tone*

"Dwi wedi dechra dosbarth dawnsio llinell ers i mi ymddeol, a dan ni'n cyfarfod bob nos Fawrth. Ty'd draw! Ma croeso mawr i chdi! Ella bod o jest y peth i… godi dy galon di?"

Roedd Mags yn fy nabod i'n rhy dda.

Dechreuais i ateb "Na, dim diolch" ond torrodd Mags ar fy nhraws i cyn i mi gael cyfle.

"A chyn i ti ddeud 'NA', beth am i ti roi cyfle arni? Sdim rhaid i ti ddŵad ar ôl heno os ti ddim yn licio fo, ond o leia mi fyddi di wedi rhoi tro arni, byddi? Be sgen ti i'w golli?"

"Wel…"

"Grêt! Dyna hynna wedi'i setlo. Mi wna i bigo chdi fyny am 7, iawn?"

"Wel… y… Iawn… y…"

"Twdlŵ!"

A diffoddodd Mags y ffôn, cyn i mi gael cyfle i newid fy meddwl!

7

Treuliais i weddill y diwrnod yn cicio fy **sodlau** ac yn difaru fy mod i wedi cytuno i fynd efo Mags y noson honno. Dawnsio llinell? Fi? Dw i'n eitha licio miwsig canu gwlad pan dw i'n ei glywed o ar y radio. Mae pobol fel John ac Alun a Wil Tân yn canu caneuon gwlad yn Gymraeg a dw i'n eitha hoff o Kenny Rogers a Dolly Parton ac ati yn Saesneg. Ond dw i erioed wedi meddwl amdana i fy hun fel 'ffan', nac fel rhywun fasai'n mwynhau mynd i ganol neuadd o bobol i wneud yr un ddawns efo'n gilydd! A dweud y gwir, mae'n gas gen i ddawnsio **yn gyffredinol**, ac mae gan Dwynwen y gath fwy o rythm na fi, dw i'n siŵr!

Mi ges i wy ar dost i ginio, ac wrth fwyta ar fy mhen fy hun, dyma fi'n meddwl mor unig ydy un wy ar blât. Roedd Caio wedi bod adra ers iddo orffen ei arholiadau Lefel A ganol mis Mehefin, felly roedd hi'n teimlo'n rhyfedd iawn heb ei gwmni erbyn hyn. Roedd ei gadair arferol yn edrych yn wag iawn, iawn.

Bydd llond gwlad o bobol yn gwmni i mi heno, meddyliais! Ond doedd hynny ddim yn gwneud i mi deimlo llawer gwell chwaith!

Roedd trio penderfynu be o'n i'n mynd i'w wisgo i'r dosbarth yn antur ynddo fo'i hun! Dylwn i fod wedi gofyn i Mags, fel ro'n

---

sawdl, sodlau – *heel(s)*
yn gyffredinol – *generally, in general*

i'n arfer ei wneud pan o'n i'n mynd i ddisgos ers talwm. Yn y diwedd, dewisais i wisgo pâr o legins a chrys T. **Ysbrydoledig** iawn, meddyliais, ond do'n i ddim eisiau tynnu sylw.

Penderfynais i wrando ar y radio wedyn, ond doedd 'na ddim sôn am John nac Alun. Na Wil Tân chwaith. Tasai gen i albwm o ganeuon gwlad, meddyliais... Ac yna mi ges i syniad.

Anfonais neges at Meic:

`Pa ganeuon gwlad sy'n dda?`

Daeth yr ateb yn syth:

`Pam?`

Dechreuais deipio'r gwir – "dwi'n mynd i ddosbarth dawnsio llinell..." – ond newidiais fy meddwl a'i **ddileu**, gan sgwennu rhywbeth arall yn ei le.

`Canu gwlad yn codi calon?`

Dim ond wyneb **wedi drysu** ges i'n ôl gan Meic wedyn.

`???`
☹

Doedd dim golwg o Ben drwy'r dydd, felly mi wnes i sgwennu nodyn bach iddo fo yn egluro lle o'n i'n mynd:

---

ysbrydoledig – *inspired*
dileu – *to delete*
wedi drysu – *confused*

Wedi mynd i ddosbarth dawnsio. Dwi ddim wedi bwydo Dwynwen, bydd rhaid i ti neud.

Yna, ychwanegais:

Plis. Dwi ddim yn siŵr pryd fydda i adra. Mae digon o fwyd yn y rhewgell. Lena x

Oedd y nodyn yn rhy **ffwr-bwt**? Oedd, mae'n siŵr. Ond doedd gen i ddim llawer o amynedd efo Ben a'i **ymddygiad** od ar hyn o bryd.

Am chwarter i saith, clywais **gorn** car Mags a gadawais y tŷ.

Roedd Mags yn wên o glust i glust pan agorais i ddrws y car.

"Barod am dipyn o hwyl?" meddai.

Roedd hi wedi gwisgo'n addas iawn. Roedd ganddi hi jîns a chrys sgwariau, ac roedd hi'n gwisgo het Stetson ar ei phen. Edrychais i lawr ar fy nghrys T a'm legins a theimlo 'mod i eisiau neidio allan o'r car a rhedeg yn ôl i'r tŷ.

"Yli, Mags, dwn i'm dwi'n…"

"Rhy hwyr rŵan! Ty'd yn dy flaen!"

Gwenais yn ôl mor **ddewr** ag y gallwn i.

---

ffwr–bwt – *terse*
ymddygiad – *behaviour*
corn – *horn*
dewr – *brave*

8

Roedd y maes parcio yn llawn pan gyrhaeddon ni neuadd y pentref. Dechreuais i deimlo'n nerfus, yn nerfus iawn! Do'n i'n nabod neb ond Mags, a be tasai pawb arall yn dawnsio'n ffantastig ac yn chwerthin am fy mhen?

"Barod? Fyddi di'n grêt, gei di weld!" meddai Mags. "Ro'n inna'n nerfus y tro cynta hefyd!"

Ceisiais i wenu yn ôl arni. Do'n i ddim yn medru dychmygu Mags yn teimlo mor ofnadwy o nerfus â fi y foment honno.

Roedd y neuadd yn edrych fel set ffilm Americanaidd, a phawb wedi gwisgo fel rhywun o'r **Gorllewin Gwyllt**! Roedd y merched yn gwisgo **un ai** sgertiau mawr **blodeuog** oedd yn **chwipio** pan oedden nhw'n cerdded, neu jîns a chrys tsiec fel y dynion. Roedd y rhan fwya o'r dynion yn gwisgo het Stetson a bŵts cowboi fel tasen nhw newydd neidio oddi ar geffyl.

Ro'n i'n teimlo fel cerdded allan yn syth a rhedeg yr holl ffordd adra! Fel hyn yn union ro'n i'n teimlo pan o'n i'n bymtheg oed a newydd ddechrau ysgol newydd yng nghanol blwyddyn; roedd pawb arall yn nabod ei gilydd a neb yn fy nabod i.

---

y Gorllewin Gwyllt – *the Wild West*
un ai – *either*
blodeuog – *flowery*
chwipio – *to whip*

"Lena!"

"Y... ia, sori?"

"Be ti isio i yfed? Dwi wedi gofyn i ti dair gwaith!" meddai Mags, ond roedd hi'n dal i wenu.

"Fodca a leim, plis!" atebais ("un mawr!" meddai'r llais bach yn fy mhen!). Aeth Mags draw at y bar i archebu, gan fy ngadael i ar fy mhen fy hun.

Daeth dyn efo het Stetson ata i'n syth, a gafael yn fy llaw gan fy nhynnu i at y llawr dawnsio. Roedd ganddo ffrinj ddu ar draws brest ei grys tsiec du a gwyn. Dyna'r unig beth sylwais i arno!

"Hank dwi! Wel, Hank dwi ar nos Fawrth, beth bynnag!" meddai gyda winc. "Huw bob noson arall!"

Roedd o'n bendant yn edrych yn fwy o Hank nag o Huw heno.

"Lena dwi... a dwi 'rioed 'di... dawnsio... Dwi ddim yn siŵr be dwi fod i neud..." Dechreuais esbonio 'mod i angen mwy o wersi.

"Fel hyn ti'n dysgu! Wna i dy helpu di! Jest **dilyn** be ma Ruby yn neud yn y tu blaen. Fyddi di'n iawn!" meddai fo.

Roedd 'na ddynes yn ei chwedegau yn sefyll o'n blaenau ni. Hon oedd Ruby, mae'n rhaid, meddyliais. Chwarae teg, roedd hi'n edrych yn ffit, a'i gwallt yn dal yn ddu ac yn gyrliog, a minlliw **fflamgoch** ar ei gwefusau. Roedd ganddi **gyrn clustiau** a meicroffon bach **yn arwain at** ei cheg.

dilyn – *to follow*
fflamgoch – *flame red*
corn clust, cyrn clustiau – *headphone(s)*
yn arwain at – *leading to*

"Ydy pawb yn medru 'nghlywed i?" gofynnodd.

"Nac ydan!" gwaeddodd rhyw gês o'r cefn, a chwarddodd pawb ar yr hen jôc.

"Dwi isio croesawu pawb yma heno i ddosbarth cynta'r tymor newydd!"

Gwaeddodd rhywun hwrê, a dechreuodd ambell un glapio.

"Croeso arbennig i Lena, sy'n dechra am y tro cynta heno. Lle mae Lena?"

"Dyma hi!" gwaeddodd Hank ar dop ei lais, gan bwyntio ata i a gwenu.

Es i'n binc, yn biws ac yna'n goch! **Mi faswn i wedi medru ei dagu**!

Dechreuodd pawb glapio eto a throdd pobol ac edrych arna i, gan wenu.

"Reit, dan ni'n mynd i ddechra efo hen ffefryn, y Cupid Shuffle! Gobeithio bod ni i gyd yn teimlo'n gariadus heno, yndan? I ni gael mynd mewn i'r mŵd!" meddai, a chlapiodd rhywun arall yn rhywle, ond wnes i ddim troi fy mhen i edrych. Ro'n i'n rhy brysur yn trio stopio cochi, fel rhyw hogan ysgol.

"Reit, jest i wneud yn siŵr bod pawb yn cofio: dan ni'n symud wyth cam i'r chwith…"

Camodd Ruby i'r chwith, a dechreuodd ambell un arall wneud yr un fath. Sefyll ac edrych arni hi wnes i.

"Ac wyth cam i'r dde."

Symudodd Ruby wyth cam i'r dde.

"Tapio wyth gwaith, efo blaen eich troed ac yna efo'ch

---

mi faswn i wedi medru ei dagu (gog) = baswn i wedi gallu ei dagu (de)
– *I could have throttled him*

sawdl… un, dau, tri, pedwar…"

Gwnaeth ambell un yr un fath.

"Ac yna trowch chwarter tro i'r chwith fel bo chi'n wynebu wal newydd. Iawn? Pawb yn hapus?"

Edrychodd Ruby ar wynebau pawb. Gwenais i arni. Doedd hyn ddim yn rhy ddrwg!

"Iawn!" meddai Ruby, "wnawn ni drio hwnna efo miwsig rŵan, ia? Barod? Un, dau, tri a…"

Wel, mi wnes i **drio 'ngorau glas**. Roedd trio symud yn gywir i'r miwsig yn llawer, llawer anoddach. Ac o'n i'n gwneud yn iawn tan y chwarter tro i'r chwith yna, pan wnes i gymysgu rhwng y chwith a'r dde a ffeindio fy hun yn wynebu'r ffordd anghywir i bawb arall!

Roedd Huw (sori, Hank!) yn glên iawn, chwara teg, ac yn dweud ei fod o wedi gwneud pethau gwaeth na hynny yn ei ddosbarth cyntaf o.

Mi wnaethon ni ddawns wedyn lle roedd rhaid tapio a shyfflo a cherdded 'mlaen a chlapio. Roedd yn rhaid i chi ganolbwyntio **gant y cant**, neu mi fasech chi mewn trwbwl. Mi wnes i ddarganfod hynny'n fuan iawn!

Ar ôl tair dawns arall, ro'n i'n falch o ymddiheuro i Hank a dweud 'mod i'n mynd i chwilio am Mags. Do'n i ddim wedi ei gweld hi ers i mi gael fy llusgo i'r llawr gan Hank.

Roedd hi'n sefyll wrth y bar yn siarad efo cwpwl arall. Roedd y ddynes yn gwisgo bandana plu a sgert hir goch. Cowboi oedd y

---

trio fy ngorau glas – *to try my very best*
cant y cant – *100%*

dyn, o'i gorun i'w sawdl. Gwenodd Mags arna i a fy nghyflwyno i'r ddau.

Llawfeddyg oedd y ddynes yn yr ysbyty yn y dre, ac roedd y dyn yn gweithio i'r Llywodraeth. Ceisiais i beidio â gwenu wrth edrych ar y ddau, a thrio peidio eu dychmygu nhw'n mynd i'r gwaith wedi gwisgo fel'na. Ro'n i'n medru gweld yr **apêl** o ddŵad i ddosbarth fel hyn, a chael dianc oddi wrth fywyd pob dydd. Cael bod yn Hank neu'n Ruby neu'n gowboi am noson, a dim byd yn eich poeni chi ond **symudiadau**'r ddawns.

Daeth cân o'r enw 'The Watermelon Crawl' ymlaen a dechreuodd Mags gyffroi.

"Ty'd, Lena! Ma hon yn wych!" meddai.

"Wna i edrych ar bawb arall ac yfed fy niod tro 'ma," meddwn, gan gymryd **dracht** go dda o'r fodca a leim. Wow! Roedd o'n gryf!

"**Llowcia** hi'n reit sydyn, wir! Ty'd!" meddai Mags, ac yn sydyn, dyna lle o'n i, yn sefyll ar y llawr dawnsio am yr ail waith mewn pum munud. Ro'n i wedi llowcio'r ddiod yn rhy sydyn, ac roedd fy mhen i'n dechrau troi. Dechreuodd llais Ruby swnio'n bell, bell i ffwrdd…

---

llawfeddyg – *surgeon*
apêl, yr apêl – *(an) appeal, the appeal*
symudiad(au) – *movement(s)*
dracht – *big sip*
llowcio (gog) = yfed (de) – *to gulp*

9

Deffrais i'r bore wedyn a fy mhen i'n curo. Ro'n i'n teimlo'n ofnadwy. Yn waeth nag ofnadwy! Os oedd hynny'n bosib!

    Yn araf bach, dechreuais i gofio be oedd wedi digwydd yn y dosbarth dawnsio llinell neithiwr. Ar Mags oedd y bai yn rhoi fodca dwbwl i mi, i ddechrau! Roedd hynny, a'r holl droi a shyfflo a stepio wedi cael effaith anffodus ar fy mhen a fy stumog i. Aeth pob dawns yn anoddach ac anoddach wrth i'r noson fynd yn ei blaen, ac ro'n i'n teimlo'n fwy a mwy **meddw**! Aeth pethau o ddrwg i waeth. Os oedd pawb arall yn symud i'r chwith, ro'n i'n symud i'r dde. Os oedd pawb arall yn wynebu'r wal yn y cefn, ro'n i'n wynebu'r wal arall. Os oedd pawb arall yn symud ymlaen chwe cham, ro'n i'n symud yn ôl ac yn taro i mewn i bawb. Roedd hi'n **llanast llwyr**!

    Ac yna cofiais i am y **diweddglo erchyll** i'r noson. Ro'n i wedi troi yn rhy sydyn, ac roedd fy sawdl wedi dal ar **sbardun** rhyw ddyn tal, tenau. A dyna ni! Cyn i mi wybod be oedd wedi digwydd, ro'n i wedi syrthio fel crempog ar lawr. **Am gywilydd**!

---

meddw (de) = chwil (gog) – *drunk*
llanast llwyr (gog) = annibendod llwyr (de) – *total chaos*
diweddglo – *ending*
erchyll – *ofnadwy*
sbardun – *spur*
am gywilydd! – *what an embarrassment!*

Be fasai Caio yn feddwl ohona i yn gwneud y fath sioe? Yna cofiais i'n sydyn fod Caio i ffwrdd, y basai fo i ffwrdd am dri mis. Do'n i ddim am fedru siarad yn iawn efo fo, fel oedden ni'n arfer siarad efo'n gilydd, tan y Nadolig. Tynnais i'r dwfe yn ôl dros fy mhen a **griddfan**. Roedd bywyd yn boen!

Ar ôl aros dan y dwfe am hanner awr arall, penderfynais y basai'n well i mi godi a chael rhywbeth i'w fwyta. Roedd fy mol i'n dal i deimlo fel taswn i ar long mewn storm, ac ella y basai tost sych a phanad o de yn help.

Doedd dim golwg o Ben chwaith. Edrychais i ar y cloc. Roedd hi'n un ar ddeg o'r gloch! Roedd Ben wedi mynd i'r gwaith ers oriau, a finnau wedi methu deffro i ddweud bore da wrtho fo na dim.

Sylwais i ar y nodyn wrth ymyl fy nghloc larwm:

Wedi mynd i'r gwaith. Roeddet ti'n chwyrnu, felly wnes i gysgu yn llofft Caio.

Ben x

Fel hyn oedd Ben a finnau'n cyfathrebu erbyn hyn? Drwy negeseuon? O leia roedd o wedi rhoi cusan ar ddiwedd y neges. Wnaeth o feddwl am amser hir cyn gwneud hynny? Ro'n i'n dechrau **hel meddyliau** yn y gwely 'ma. Roedd rhaid i mi godi.

Wrth lwc, doedd dim rhaid i mi wneud dim tan heno pan oedd gen i shifft yn yr orsaf radio unwaith eto. Felly mi wnes i dost a phanad, agor y drws i Dwynwen fynd allan i'r ardd, ac

---

griddfan – *to groan*
chwyrnu – *to snore, to growl*
hel meddyliau – *to ponder (lit. to collect thoughts)*

yna gorwedd ar y soffa yn edrych ar y teledu yn ystod y dydd, rhywbeth ro'n i wedi addo i mi fy hun na faswn i'n ei wneud ar ôl ymddeol!

Ro'n i'n teimlo dipyn bach gwell erbyn i mi fynd allan o'r tŷ ddiwedd y pnawn a mynd am dro bach rownd y bloc i glirio fy mhen. Mi wnes i hyd yn oed anfon neges destun at Caio, a chael un yn ôl bron yn syth. Roedd o wedi bod yn ei ddarlith gyntaf ac yn **holi** a ddylai o roi'r **nionyn** i mewn gynta ynta'n olaf i wneud *bolognese*! Dylwn i fod wedi rhoi gwers neu ddwy iddo dros yr haf, meddyliais i.

Cerddais i mewn i adeilad Radio'r Dref Wen. Roedd Seren Smith yn **serennu** eto, yn wên o glust i glust a'i dannedd gwyn yn sgleinio yn erbyn ei minlliw du.

"Sut ma Lena heno? Dach chi'n edrych yn neis!" meddai.

Ella 'mod i'n edrych yn debyg i Goth, a dyna pam oedd hi'n dweud y fath beth, meddyliais.

"Dwi wedi blino braidd, ond dwi'n iawn. Sut wyt ti?"

"Dwi'n ffab, diolch am ofyn. Ma Meic yn disgwyl amdanach chi!" meddai dan wenu yn **lletach byth**.

"Diolch, Seren."

'Ma Meic yn disgwyl amdanach chi.' Pam oedd hi'n dweud hynny? Ac yn gwenu fwy byth wrth ddweud hynny?

Do'n i ddim yn y stafell am bump eiliad cyn i Meic ddechrau

---

holi – *to ask (about), to inquire*
nionyn (gog) = wynwnsyn (de) – *onion*
serennu – *to sparkle (like a star)*
lletach byth – *even wider*

holi cwestiynau.

"Wel?"

"Wel be?"

"Ti am egluro, 'ta?"

"Egluro be?"

"Y neges gryptig ar y ffôn neithiwr!"

"Pa neges… O, ia!"

"Ers pryd wyt ti yn licio caneuon gwlad, Lena?"

"Jest meddwl fasai fo'n newid o'n i, 'te! Mae 'na lot o bobol allan yna'n licio pobol fel Tammy Wynette a Kenny Rogers. Ac Alistair James, John ac Alun ac ati yn Gymraeg. Dylen ni chwarae be ma'r gwrandawyr isio, cofia! Dyna ti'n ddeud bob amser!"

"Lena…" meddai Meic, gan edrych arna i. "Sgen ti rwbath i ddeud wrtha i? Oes?"

Doedd dim posib dianc. Roedd y **diawl bach** yn fy nabod i'n rhy dda o lawer!

"Dwi 'di bod i ddosbarth dawnsio llinell, dyna i gyd!" meddwn mewn llais isel, a dechrau sortio drwy'r rhestr o ganeuon ar gyfer y rhaglen. "Hapus rŵan?"

"Chdi! Dawnsio llinell! **Ti o ddifri**?"

"Be sy'n bod ar hynny? Roedd neuadd y pentra'n **orlawn**, os ti isio gwbod, a phawb yn edrych yn andros o hapus a ffit!"

"**Dwi'n amau dim** ei fod o'n ffordd hwyliog o gadw'n heini, Lena," meddai Meic yn ddifrifol. "Ond chdi?"

---

diawl bach – *little devil*
ti o ddifri? – *are you serious?*
gorlawn – *full up*
Dw i'n amau dim – *I don't doubt*

"A be sydd mor ofnadwy o ddoniol am y syniad ohona i yn…"

Syllodd y ddau ohonon ni ar ein gilydd, fel golygfa o ffilm gowboi. Pwy oedd yn **mynd i danio**'r **gwn geiriol** gynta?

Yna dechreuais i chwerthin. Ac yna dechreuodd Meic chwerthin hefyd, chwerthin nes bod y dagrau yn rowlio i lawr ei wyneb. A dyna lle roedd y ddau ohonon ni, yn chwerthin nes ein bod ni'n crio.

"O, Meic! Ro'n i'n ofnadwy! Doedd gen i ddim syniad be i neud!"

A dyma fi'n dechrau dweud hanes y noson wrtho. Erbyn i mi orffen, roedd hi'n amser i'r rhaglen ddechrau.

Sychodd Meic ei ddagrau a dechreuodd siarad i mewn i'r meicroffon, a'i lais fel **melfed**, fel tasai dim byd wedi digwydd.

"Croeso mawr i raglen Meic yma ar Radio'r Dref Wen, yn chwarae'ch caneuon chi… Mae gen i gân ychydig yn wahanol i'r arfer i ddechrau, gan yr anhygoel Dixie Chicks. Ac ma'r gân yma i bawb ohonach chi allan yn fanna, sydd… wel, be ddweda i, wedi mentro allan o'ch cylch cyfforddus yn ddiweddar… Dyma 'Cowboy Take Me Away'!"

Rhoddodd winc fawr arna i. Tynnais innau fy nhafod arno fo!

---

mynd i danio – *going to fire*
gwn geiriol – *verbal gun*
melfed – *velvet*

10

Roedd Ben yn edrych ar y teledu pan ddes i mewn ar ôl y shifft. Roedd y lolfa yn dywyll, a doedd dim i'w weld ond y golau o'r lluniau ar y sgrin.

"Gest ti hwyl?" meddai, ond wnaeth o ddim tynnu ei lygaid oddi ar y bocs.

"Do, gaethon ni raglen dda iawn heno, chwara teg," meddwn i. Ro'n i'n gwybod doedd Ben ddim yn siarad am heno.

"A neithiwr? Yn y dosbarth dawnsio llinell?" meddai Ben.

Eisteddais i wrth ei ymyl.

"Sori os o'n i'n chwil. Wnes i ddim bwriadu yfed, ond…"

Doedd dim pwrpas trio dweud mwy.

Gwenodd Ben a rhoi ei law ar fy mhen-glin.

"Petha ddim wedi newid lot, ydyn nhw?" meddai Ben.

"Be ti'n feddwl?"

"Chdi, Lens! Yn dawnsio llinell! Chwara teg i ti!" meddai Ben.

Mi wnaeth rhywbeth danio tu mewn i mi. Roedd o'n swnio mor **nawddoglyd**, fel tasai ganddo fo biti drosta i! O leia roedd Meic yn tynnu fy nghoes i. Roedd hynny'n haws ei dderbyn, rhywsut.

nawddoglyd – *patronising*

"Be ti'n feddwl, fi a dawnsio llinell! Be sy'n bod ar hynny?"

"Wel, bydda'n onest! Tydy o ddim wir yn dy… deip di o beth, nacdi?"

"Nacdi? Sut ti'n gwbod? Oeddat ti'n cuddio yn y neuadd yn **sbecian** arna i, 'ta be!"

Ro'n i'n gwybod 'mod i'n swnio fel **hen gnawes**, ac roedd wyneb Ben yn awgrymu ei fod o'n meddwl yr un fath! Ond ro'n i'n flin iawn, iawn efo fo!

"Dwi'n cofio sut oeddat ti'n dawnsio yn y disgos ers talwm, dyna i gyd!" meddai Ben.

"A be oedd yn bod ar sut o'n i'n dawnsio?" Ro'n i'n teimlo fy **nhymer** yn mynd o ddrwg i waeth.

"Weeel… Does gen ti ddim… wel, dim rhythm naturiol, nag oes? A mae hynna'n bod yn garedig!"

Roedd ganddo ryw hen wên **sbeitlyd**, **wirion** ar ei wyneb.

"Sdim rhyfedd bo ti 'di yfed gormod, Lena. Trio tawelu'r nerfau oeddat ti, ynte? Yr union 'run fath ag oeddet ti'n arfer neud pan…"

Chlywais i ddim be ddywedodd o wedyn, achos ro'n i wedi martsio allan o'r stafell ac wedi **cau'r drws yn glep**. Yn union fel baswn i wedi ei wneud pan o'n i'n ddeunaw oed…

---

sbecian – *to peek*

hen gnawes (gog) = hen fuwch (de) – *old cow*

tymer – *temper*

sbeitlyd – *spiteful*

gwirion (gog) = twp (de) – *silly, stupid*

cau'r drws yn glep – *to slam the door*

Es i'n syth i 'ngwely i **bwdu**. Pa hawl oedd gan Ben i siarad efo fi fel'na, i wneud hwyl ar fy mhen i'n trio gwneud rhywbeth i lenwi'r **gwagle** mawr yma ro'n i'n ei deimlo tu mewn i mi! Roedd o'n amlwg yn gweld colli Caio hefyd, ond **mynd i'w gragen** oedd o, diflannu a mynd yn ddistaw a pheidio â siarad am y peth. O leia ro'n i'n trio codi allan, yn trio bod yn bositif!

Roedd o **yn llygad ei le**, wrth gwrs. Y diawl! Dyna oedd y peth gwaetha, ella. Er 'mod i wrth fy modd yn gwrando ar gerddoriaeth ac yn canu rhyw gân neu'i gilydd byth a beunydd, doedd gen i ddim rhythm wrth ddawnsio a dyna ni! Ac ella 'mod i wedi bod yn falch o'r fodca er mwyn tawelu'r nerfau, yn union fel roedd Ben wedi ei ddweud.

Cyn i mi wybod be oedd wedi digwydd, ro'n i wedi **sleifio** allan o'r gwely ac wedi agor drws ystafell wely Caio. Wnes i ddim rhoi'r golau ymlaen na dim, dim ond llithro i mewn i'r stafell dywyll a mynd i orwedd ar y gwely. Roedd yn deimlad braf bod yno heno, rhywsut. Doedd o ddim yn brofiad mor boenus ag o'r blaen. Edrychais i ar y car rasio Lego ar y seidbord, yr un oedd Caio wedi ei wneud pan oedd o'n ddeuddeg oed. Edrychais ar ei ffeiliau ysgol fel sowldiwrs ar y ddesg, ar boster Che Guevara eto. Ro'n i'n teimlo'n nes at Caio yma, yn teimlo 'mod i'n gallu anadlu ychydig ohono fo i mewn. Wrth droi fy

pwdu – *to sulk*
gwagle – *emptiness*
mynd i'w gragen – *to go into his shell* (cragen – *shell*)
yn llygad ei le – *spot on (lit. in the eye of his place)*
sleifio – *to sneak*

wyneb ar ei **obennydd**, gallwn i glywed ei arogl arbennig yn cuddio yno eto.

Syrthiais i gysgu ymhen dim o amser.

gobennydd – *pillow*

11

Dw i ddim yn siŵr faint o'r gloch oedd hi pan agorodd y drws a daeth Ben i mewn. Roedd hi'n olau dydd, yn sicr, achos do'n i ddim wedi **trafferthu** cau'r llenni cyn gorwedd ar wely Caio.

Roedd gan Ben banad o de yn ei law, a rhoddodd y mŵg i lawr ar y bwrdd bach wrth ymyl y gwely. Yna daeth i eistedd i lawr wrth fy ymyl. Roedd o wedi gwisgo'n barod i fynd i'r gwaith; mewn siwt smart a'r tei yr oedd Caio wedi ei brynu iddo ar ei ben blwydd y llynedd.

"Ail noson i ni gysgu ar wahân rŵan, Ben," meddwn.

"Dwi ddim isio iddo fo fynd yn **arferiad** chwaith. Wyt ti?" gofynnodd Ben, gan edrych **i fyw fy llygaid**.

Doeddwn i ddim yn medru peidio â gwenu'n ôl.

"O'dd o'n blwmin anodd, sti! Y dawnsio llinell 'na! Hyd yn oed 'sa gin i rythm!"

"Dwi'n siŵr..."

"Munud oeddat ti'n cofio un rwtîn, roedd yna un arall yn dechrau, ac wedyn roeddat ti'n gorfod cofio pob un ar ôl ei gilydd, a..."

Gwenodd y ddau ohonon ni ar ein gilydd. Ar ôl ychydig, meddai Ben,

---

trafferthu – *to bother*
arferiad – *habit*
byw fy llygaid – *the quick of my eyes*

"Rhyfadd hebddo fo, tydy? Heb Caio. Ar ôl deunaw mlynedd o sŵn a **miri** a **swnian** a chwerthin a…"

"Yndy, Ben. Dwi'n teimlo… wel, ar goll braidd. Dwi'n dal i ddisgwyl iddo gerdded i mewn drwy'r drws am bedwar o'r gloch bob pnawn, gollwng ei fag wrth droed y grisiau a galw: 'Mam! Be sydd 'na i de?'"

Ers i mi orffen gweithio yn ystod y dydd, roedd hyn wedi mynd yn arferiad, yn rhan o batrwm bywyd, heb i mi sylwi bron. Rŵan roedd pedwar o'r gloch y pnawn yn mynd a dŵad heb sŵn, heb Caio.

"Ti'n gwbod be wnes i jest rŵan?", meddai Ben, "Pan o'n i'n gneud y banad yma i ti? Rhoi'r dŵr poeth mewn tri mŵg cyn i mi sylwi be o'n i'n neud! Te i ti a dau goffi…"

Gwenodd y ddau ohonon ni ar ein gilydd. Gwên o ddeall ein gilydd oedd hi.

Yna safodd Ben ar ei draed.

"Dwi ddim yn siŵr ydw i am fynd i ddawnsio llinell eto, dwi'm yn meddwl," meddwn. "Ond fi fydd wedi penderfynu, reit? **Sgynno fo ddim** byd i neud efo be ddwedest ti neithiwr am fy rythm i!"

"Pa rythm?" meddai Ben yn **bryfoclyd**.

"Ond wir rŵan, bydd rhaid i fi neud rhywbeth yn ystod y dydd. Dwi'n grêt pan mae gen i shifft yn yr orsaf radio, ond

---

miri – *fun, merriment*
swnian – *to whine*
sgynno fo ddim = does ganddo fo ddim (gog) = does dim… gyda fe (de)
pryfoclyd – *teasing*

fedra i ddim diodde bod yn y tŷ 'ma heb… heb rywbeth i'w neud."

"Lena, gin i rywbeth dwi isio…" dechreuodd Ben.

Edrychais i ar y cloc bach hen ffasiwn yr oedd Caio wedi ei adael ar ôl ar y seidbord.

"Hei, **well i ti siapio hi**! Ti 'di gweld faint o'r gloch ydy hi? Mi fyddi di'n hwyr!"

"O, ia… Iawn, wnes i'm sylwi…" meddai Ben. Plygodd ei ben a rhoi cusan hir i mi nes o'n i'n toddi.

"Gawn ni sgwrs heno," meddwn i.

"Sori?"

"Am beth bynnag ti isio siarad amdano fo."

"Y… iawn. Grêt!" meddai Ben, ac aeth allan o'r stafell, gan gau'r drws yn ddistaw ar ei ôl.

Ro'n i'n teimlo'n well. **Ro'n i'n mynd i goncro**'r hiraeth yma am Caio a gwneud rhywbeth positif. Wedyn pan fydd Caio yn dŵad adra dros wyliau'r Nadolig, mi fydd o'n gweld i mi wneud rhywbeth diddorol yn lle **stelcian o gwmpas** y tŷ fel ysbryd!

---

fedra i ddim diodde(f) (gog) = alla i ddim diodde(f) (de) – *I can't stand*
well i ti siapio hi – *you better hurry up*
ro'n i'n mynd i goncro – *I was going to conquer*
stelcian o gwmpas – *lurking around*

12

Newydd ddŵad o'r gawod o'n i pan glywais i'r ffôn symudol yn derbyn tecst.

> Ti'n brysur heddiw? Seren mewn **picil**! Meic

O, na! Doedd Meic ddim eisiau i fi weithio yn y dderbynfa yn yr orsaf yn lle Seren, gobeithio! Doeddwn i ddim yn medru meddwl am ddim byd gwaeth nag ateb y ffôn am oriau a gorfod bod yn neis a gwenu ar bobol drwy'r amser! Do'n i ddim yn y mŵd! Ac roedd edrych ar y **switsfwrdd** yr oedd hi'n gweithio arno yn ddigon i wneud i mi deimlo'n sâl! Roedd o'n edrych fel y switsfwrdd mewn maes awyr neu rywbeth. Nid Seren fyddai'r unig un mewn picil wedyn.

Atebais i Meic yn syth, cyn iddo gael cyfle i drio fy mherswadio!

> Sori dwi ddim isio gweithio yn y dderbynfa.

Roedd hynny'n ddigon clir, siawns! Daeth yr ateb yn ôl yn syth hefyd.

(mewn) picil – *(in a) pickle*
switsfwrdd – *switchboard*

```
Sdim rhaid i ti weithio yn Mission Control!
;) Ond fedri di ddŵad draw bora 'ma am sgwrs
efo hi?
```

Hmm! Roedd hyn yn **ddirgelwch**! Pam yn y byd oedd Seren angen siarad efo fi ar frys? Teipiais:

```
Iawn
```

Ella y bydd heddiw'n ddiwrnod diddorol wedi'r cyfan!

Golwg ddigalon oedd ar Seren pan gyrhaeddais i Orsaf Radio'r Dref Wen. Am y tro cynta, roedd ei delwedd Goth yn siwtio'i mŵd!
"Ti'n iawn, Seren? Be sy'n bod?"
"O, diolch am ddŵad, Lena. Dwi ddim yn gwbod be i neud, ac wedyn soniodd Meic ella…"
Codais fy llaw yn arwydd iddi hi stopio a **phwyllo**.
"O'r dechra, ia, Seren? Be yn union sydd 'di digwydd?"
"Wel, dwi 'di cael cynnig mwy o oriau yn fan'ma. Jest am ychydig o wythnosau i ddechrau. Gweithio tipyn bach mwy yn ystod y dydd, ella helpu ar raglen bob hyn a hyn…"
"Ia…?"
Dal i edrych yn drist oedd Seren. Do'n i ddim yn dallt hyn.
"Ond newyddion da ydy hynny, ia ddim? Dyma ti isio neud, ynte, Seren? Cael mwy o brofiad?"

---

dirgelwch – *mystery*
pwyllo – *to take stock*

"Dach chi'n licio cŵn, Lena?" gofynnodd Seren, ac edrych i fyw fy llygaid.

Gwenais i'n ôl arni'n syth o glywed y cwestiwn annisgwyl. "Dwi wrth fy modd efo cŵn, deud y gwir, Seren. Ond sgen i ddim un. Yn anffodus!"

Mae cŵn yn bwnc sensitif yn ein tŷ ni. Mi fasai Caio a finnau wrth ein boddau tasai gynnon ni gi, ond dyn cathod ydy Ben. A **byth ers** i Dwynwen y gath gymryd ei lle fel prif gymeriad ein drama fach deuluol ni, doedd gen i ddim gobaith cael ci nac unrhyw anifail arall tasai hi'n dŵad i hynny. Dwynwen oedd pob dim gan Ben. Ella mai dyna un o'r rhesymau pam do'n i ddim yn ei licio hi.

"Pam ti'n gofyn, beth bynnag?"

"Wel," atebodd Seren, gan ddechrau gwenu. "Ella bod Meic yn iawn! Ella medrwch chi helpu tipyn arna i felly, Lena! Edrychwch ar hwn!"

Pasiodd gerdyn busnes bach i mi ar draws y ddesg. Arno fo, roedd llun cartŵn o gi a rhywun yn mynd â chi am dro.

"Hon ydy fy swydd ran amser arall i. Gwasanaeth mynd â chŵn am dro. A dwi wrth 'y modd efo'r gwaith… Dwi'n ffrindia mawr efo pob un o'r cŵn. A'r perchnogion!" ychwanegodd.

"Braf iawn! Ond dwi ddim cweit yn gweld sut…" dechreuais.

"Ond dwi ddim yn gwbod be i neud! Os dwi'n derbyn y cynnig i weithio mwy o oriau yn fan'ma, fydda i ddim yn medru gwneud y gwaith arall yma. A mi faswn i'n torri 'nghalon taswn i'n gorfod ffarwelio efo'r cŵn am byth! Dan ni wedi dŵad yn gymaint o ffrindiau!"

byth ers – *ever since*

Seren druan, meddyliais. Ella'i bod hi'n edrych fel dynes ifanc, hyderus ar y tu allan, ond roedd 'na rywbeth **bregus** a **diniwed** iawn amdani hi weithiau.

"Sut fedra i helpu chdi, Seren?" gofynnais, ond ro'n i'n gwybod yr ateb i'r cwestiwn.

"Weeeel..." meddai Seren, "Rhag ofn i mi golli'r swydd yma am byth a gorfod **siomi**'r cleientiaid, o'n i'n meddwl ella... tybed..."

"Ti isio i mi gymryd y gwaith o fynd â'r cŵn am dro i ti...? Dyna ti'n ofyn?"

"Jest am 'chydig! A dim pob ci, chwaith. Jest un. 'Sach chi ddim isio mynd â chi Anita Parry am dro, tydy o ddim yn licio **pobol ddiarth**..."

"Reit, felly pa...?"

Ond doedd Seren ddim fel tasai hi'n fy nghlywed i wrth iddi hi fynd ymlaen.

"A dim ond weithia fasai o. Ma'r cleient isio iddo fo fynd am dro bob dydd. Ond dwi jest ddim yn meddwl y medra i ddod i ben â hynny efo'r gwaith ychwanegol yma a phob dim..."

"Pwy ydy'r cwsmer yma, 'ta?" gofynnais. Be o'n i eisiau ei ofyn oedd pwy oedd y cwsmeriaid oedd yn cadw ci ond yn rhy ddiog i fynd â fo am dro!

---

bregus – *fragile*

diniwed – *innocent, naïve*

siomi – *to disappoint*

person diarth, pobol ddiarth (gog) = person dierth, pobol ddierth (de) – *stranger(s)*

"Mrs Morris ydy ei henw hi; mae hi **yn ei hwythdegau** a newydd gael **clun** newydd. Mae hi'n gariad!"

Gwenais.

Canodd y ffôn wedyn, diolch byth, ac roedd Seren yn brysur. Roedd hynny'n rhoi tipyn bach o amser i mi feddwl dros y peth.

Erbyn i Seren ddŵad i ddiwedd y sgwrs ffôn, ro'n i wedi penderfynu.

"Wel?" gofynnodd Seren. "Be dach chi'n feddwl? Mi fasach chi'n gneud ffafr anferth â mi. Wir rŵan, Lena! Mi faswn i'n ofnadwy o ddiolchgar!"

"Pryd ti isio i mi ddechrau?" gofynnais.

Do'n i ddim yn barod am y fath ymateb! Neidiodd Seren dros ddesg y dderbynfa, bron iawn, a rhoi andros o gwtsh mawr i mi!

"O, diolch! Diolch, Lena! O'n i'n poeni fasai rhaid i mi siomi pawb. Sgynnoch chi ddim syniad pa mor ddiolchgar dwi!"

Gwenais i'n ôl ar Seren, ei dannedd gwyn yn llachar yn erbyn ei gwefusau du.

(mae hi) yn ei hwythdegau – *(she is) in her eighties*
clun – *hip*

13

"Amser cinio heddiw" oedd yr ateb a ddaeth yn y diwedd ar ôl iddi hi orffen efo'r cwtsh a'r **llawenhau**. Roedd ci Mrs Morris fel arfer yn licio mynd am dro ddwywaith bob dydd. Doedd hi ddim hyd yn oed yn medru gadael iddo fo fynd allan i'r ardd erbyn hyn, yn enwedig a'r tywydd yn dechrau oeri. Roedd hi ofn syrthio efo'r glun newydd. Mi fasai'n rhaid i unwaith y diwrnod, bob diwrnod, wneud y tro.

Wrth lwc, ro'n i'n gwybod yn union lle roedd y stryd lle roedd Mrs Morris yn byw, ac felly penderfynais gerdded yno gan ei bod hi'n ddiwrnod bendigedig o hydref. Roedd yr haul yn taflu **planced euraidd** dros bob man, ac wrth gerdded, ro'n i'n cael y pleser o glywed y sŵn **crensian** bendigedig hwnnw sy'n dod wrth gerdded drwy garped o ddail oedd wedi **disgyn** oddi ar y coed. Caio oedd wrth ei fodd yn mynd am dro drwy'r dail pan oedd o'n hogyn. Roedd o'n arfer rhedeg o fy mlaen i a neidio i mewn i **dwmpath** o ddail, dros ei ben, er gwaetha'r ffaith fy mod i'n ei rybuddio fo i fod yn ofalus. Tybed fydd o'n dal i wneud hynny ar gampws y coleg, meddyliais, neu mewn parc yn agos at y neuadd

llawenhau – *to rejoice*
planced euraidd – *golden blanket*
crensian – *(to) crunch, crunching*
disgyn – *to fall*
twmpath – *a mound, a pile*

breswyl? Roedd Caio'n mynd i gael cymaint o brofiadau o hyn ymlaen, profiadau na fydda i'n medru eu rhannu efo fo.

Ffeindiais i dŷ Mrs Morris heb broblem, a daeth hi at y drws yn y diwedd ar ôl i mi ganu'r gloch ddwy waith. Roedd hi'n cerdded efo ffon. Roedd ei gwallt gwyn wedi ei dorri'n fyr, ac roedd ganddi glustdlysau anferth. Roedd hi'n gwisgo siwmper ddu a throwsus lliwgar. Ro'n i'n ei licio hi'n syth.

"Lena ydach chi?" gofynnodd.

"Ia, a chi felly 'di Mrs Morris!" meddwn. "Neis eich cyfarfod chi!"

"Dewch i mewn, dewch i mewn," meddai'n **groesawgar**, gan agor y drws **led y pen**.

Es i ar ôl Mrs Morris i ystafell **fechan** ar y chwith. Roedd 'na biano yno, a soffa fach i ddau. Ar y wal uwchben y lle tân, roedd llun du a gwyn o gwpwl hapus ar ddiwrnod eu priodas. Roedd hi'n hawdd nabod gwên Mrs Morris, ac roedd gwên ei gŵr yr un mor llydan.

"Ffoniodd Seren i ddeud bo chi'n dŵad draw yn ei lle hi am y tro. Dwi'n falch iawn ei bod hi wedi cael mwy o waith yn yr orsaf, ond ro'n i'n poeni dipyn bach am Mr Huws."

"Mr Huws?" gofynnais i. Soniodd Seren ddim am y ffaith bod Mrs Morris yn dechrau **ffwndro. Bechod.**

---

croesawgar – *welcoming*

lled y pen – *wide open*

bechan (benywaidd/*feminine*); bychan (gwrywaidd/*masculine*) – *small*

ffwndro (gog) = drysu (de) – *to get muddled*

bechod (gog) = dyna drueni (de) – *what a pity*

"Dyma fo Mr Huws **ar y gair**!" meddai, a daeth ci Labrador mawr du i'r golwg o gefn y tŷ, a'i gynffon yn ysgwyd o glywed ei feistres yn dweud ei enw.

"Chdi ydy Mr Huws, felly!" meddwn. "**Ma'n dda iawn gen i dy gyfarfod di**!"

Edrychodd y ci arna i efo llygaid mawr caredig. Labrador oedd fy hoff frid, roedd hynny'n bendant. Roedden nhw'n gŵn mor **ffeind** ac annwyl. Roedd yn amlwg bod **Ffawd** yn gwenu arna innau hefyd!

"Ci Ralph y gŵr oedd Mr Huws yn wreiddiol, ond dim ond y ddau ohonon ni sydd yma rŵan, ers i Ralph farw. Roedd Seren yn help mawr i mi pan es i mewn i'r ysbyty i gael clun newydd, ac mae hi wedi dal i ddŵad, chwara teg iddi. Dwi braidd yn nerfus yn cerdded ers y llawdriniaeth. Mae'n beth od sut ydach chi'n nerfus yn gwneud rhywbeth sydd wedi dŵad mor naturiol i chi ar hyd eich oes."

"Dwi'n dallt," meddwn. "A ma'n well i chi fod yn ofalus ar y dechrau, tan i chi arfer efo'r glun."

"Mi ddylwn i roi Mr Huws i ffwrdd i berchennog newydd, ma'n siŵr, ond fedra i'm wynebu gwneud hynny. Mae o'n gwmni da, deud y gwir wrthach chi, Lena. Dwi'n medru sgwrsio efo fo a mae o'n gwrando arna i bob tro, a'r llygaid mawr yna fel tasen nhw'n dallt pob gair."

Meddyliais i am Dwynwen, yn edrych i lawr ei thrwyn arna i,

---

ar y gair – *as we speak (lit. on the word)*
Ma(e)'n dda iawn gen i dy gyfarfod di – *it's good (for me) to meet you*
ffeind – *kind*
Ffawd – *Fate*

ac fel tasai hi'n mwynhau'r ffaith do'n i ddim yn hoff ohoni. Mi fasai **creadur** da am wrando fel Mr Huws yn dipyn o **gysur** i mi y dyddiau yma.

"Well i ni fynd am dro, felly, ia?" meddwn, a dechreuodd cynffon Mr Huws ysgwyd yn fwy **egnïol** wrth glywed y geiriau 'mynd am dro'!

"Dwi'n siŵr bydd y ddau ohonach chitha'n ffrindiau mawr hefyd!" meddai Mrs Morris, gan wenu.

Aeth Mr Huws a finnau am dro i ben arall y dre, at yr archfarchnad ac yn ôl. Wrth lwc, roedd y ci wedi arfer â sŵn traffig, ac wedi arfer â cherdded ar stryd lle roedd 'na bobol (a chŵn!) eraill. Roedd hi'n braf hefyd ei fod yn **ufudd** ac yn gwrando ar bethau fel 'Eistedda' ac 'Arhosa' a 'Ty'd rŵan!' Ches i ddim trafferth o gwbwl efo fo.

Penderfynais i fynd yn ôl i dŷ Mrs Morris ar hyd ffordd arall. Aethon ni heibio stad newydd o dai, heibio i'r ganolfan siopa fach newydd oedd wedi agor ers tua mis, ac ymlaen.

Dyna lle gwelais i gar Ben.

Roedd o wedi parcio yng nghanol stad fach o dai oddi ar y brif lôn. Mae'n rhaid fod ganddo gleient newydd yn byw yma, meddyliais. Do'n i ddim yn holi gormod am ei waith, ond roedd o fel arfer yn dweud wrtha i os oedd o'n gorfod mynd i rywle doedd o ddim wedi bod yno o'r blaen.

Cofiais i am y gusan wnaeth i mi doddi'r bore hwnnw. Am

---

creadur(iaid) – *creature(s)*
cysur – *comfort*
egnïol – *energetic*
ufudd – *obedient*

un eiliad wirion, meddyliais i y basai'n syniad gadael neges fach ar ffenest ei gar. 'Wela i di heno' neu 'Helô Secsi!' neu rywbeth plentynnaidd fel'na, y math o beth faswn i wedi ei wneud ers talwm pan oedd Ben a fi'n caru. Ond doedd gen i ddim beiro na phapur, ac erbyn meddwl mwy am y peth, ella fod hynny'n beth da. Fasai o ddim yn beth proffesiynol iawn i Ben fod ei wraig yn gadael nodiadau bach hurt ar ei gar tu allan i dŷ cleient, na fasai!

Dechreuais i chwerthin i mi fy hun ar fy ffordd yn ôl i dŷ Mrs Morris efo'r ci bach annwyl. Roedd pethau'n gwella! Ro'n i wedi cael gwaith bach ychwanegol yn ystod y dydd yn union fel ro'n i eisiau, a hynny yn gweithio efo cŵn. Roedd Ben a fi yn dechrau dallt ein gilydd, ac roedd yr haul yn gwenu hefyd! A rhywsut doedd y Nadolig a Caio'n dod adra ddim yn teimlo mor bell i ffwrdd chwaith.

14

Gofynnodd Mrs Morris a o'n i eisiau panad pan ddes i â Mr Huws yn ôl yn ddiogel, ond penderfynais wrthod y tro yma. Do'n i ddim eisiau dechrau arferiad. Ond ella baswn i'n medru aros am banad weithiau, pan fasai gen i fwy o amser. Roedd gen i deimlad bod Mrs Morris yn berson diddorol, ac y basai hi'n croesawu cael sgwrsio.

Ar y ffordd yn ôl adra, galwais heibio siop y cigydd a phrynu dwy **stecen** fawr syrloin. Roedd Ben wrth ei fodd â stêc ond doedden ni ddim wedi cael cyfle i gael bwyd crand fel hyn ers tro, dim ond rhyw fwyd brys **ffwrdd-â-hi** a phasio'n gilydd yn y coridor. Rŵan ein bod ni'n dechrau dŵad i arfer efo bod yn gwpwl unwaith eto, ac nid jest yn fam a thad, roedd hi'n bwysig creu amser arbennig i'r ddau ohonon ni. Bron iawn i mi brynu canhwyllau hefyd yn y siop grefftau fach drws nesa i'r swyddfa bost, ond penderfynais y basai hynny'n mynd **dros ben llestri** braidd!

Mi ges i amser braf yn paratoi'r pryd, a dweud y gwir. Roedd y radio 'mlaen yn y cefndir ac aeth awr heibio yn paratoi'r llysiau ac yn chwilio am rysait arbennig i fynd efo'r stecen, rysait oedd yn cynnwys pob dim oedd gen i yn yr oergell neu'r cwpwrdd!

stecen, stêc – *steak*
ffwrdd–â–hi – *slapdash*
dros ben llestri – *to go overboard (lit. to go over the dishes)*

Taswn i wedi bod yn fwy trefnus mi faswn i wedi darllen y rysait gynta a phrynu pethau arbennig wedyn! Ond dyna fo! Ro'n i wedi anghofio beth oedd gorfod coginio bwyd rhamantus, on'd o'n i?

Ro'n i hefyd wedi prynu potel o win coch drud ac wedi agor top y botel er mwyn i'r gwin 'anadlu'. Hen nonsens o'n i'n meddwl oedd hynny, ond penderfynais i y baswn i'n ei drio heno, er mwyn gweld a oedd o'n gwneud unrhyw **wahaniaeth** i'r blas.

Edrychais i ar y cloc mawr yn y gegin ar ôl paratoi pob dim. Roedd yn deimlad braf bod pob dim yn barod. Roedd y saws yn **ffrwtian** yn y sosban, ac ro'n i wedi curo'r stêc ac wedi rhoi pupur ac ychydig bach o **arlleg** drosti hi.

Es i draw i'r lolfa i eistedd a throi'r teledu ymlaen. Roedd y newyddion newydd ddechrau, a'r **gohebydd** wrthi'n siarad â'r camera, a golygfa ofnadwy o ryfel y tu ôl iddo fo. Penderfynais i ddiffodd y teledu. Do'n i ddim eisiau gorfod meddwl am bethau trist heno, na phoeni am yr ymladd oedd yn digwydd yn y byd mawr tu allan i'r pedair wal yma. Caeais i fy llygaid. Ro'n i wedi blino'n lân. Roedd heddiw wedi bod yn ddiwrnod diddorol…

Dwynwen ddeffrodd fi. **Glaniodd** hi ar fy **nglin** a dechrau setlo i lawr am y noson, gan lanhau tu ôl i'w chlustiau a chanu grwndi'n hapus ei byd. Roedd y stafell yn wag ac yn oer, a dim

gwahaniaeth – *difference*
ffrwtian – *to splutter, to bubble away*
garlleg – *garlic*
gohebydd – *reporter*
glanio – *to land*
glin – *lap*

ond golau gwan o lampau'r stryd yn taflu gwawr oren dros y lle. Edrychais i ar y cloc. Saith o'r gloch! Saith? Gwrandawais yn ofalus am unrhyw sŵn i fyny'r grisiau, ond yn amlwg doedd Ben ddim wedi dŵad adra eto. Oedd o wedi trio ffonio? Oedd o wedi dweud wrtha i ei fod o'n mynd i fod yn hwyr a finnau wedi anghofio pob dim?

Y funud honno, clywais y drws ffrynt yn agor a daeth Ben i mewn. Sefais a neidiodd Dwynwen i ffwrdd oddi ar fy nglin, yn flin, a syllu o'i chwmpas. Cerddodd Ben i mewn a rhoi ei gês gwaith i lawr wrth ymyl y drws.

"Ti'n iawn, Lena? Mmm! Ogla da 'ma! Dwi isio bwyd! Be ti'n goginio?"

"Syrpréis bach! Lle ti 'di bod mor hwyr? Cyfarfod arall?"

Ro'n i'n gwneud fy ngorau glas i beidio â swnio'n flin, dim ond holi. Ella ei fod o wedi cael ei ddal mewn cyfarfod a'i fod o heb gael cyfle i ffonio na thecstio i egluro.

"Ym... na... Dim cyfarfod, jest... lot, lot o waith papur. Dwi'n boddi dan **ffurflenni ac adroddiadau** yn gwaith dyddia yma!"

"Wyt ti? A lot o gyfarfodydd tu allan hefyd?"

"Na, doedd gen i'r un cyfarfod heddiw, diolch byth. Dwi'm 'di symud o'r swyddfa drwy'r dydd. Ches i ddim amser i fwyta cinio, bron!"

Rhewais. Roedd fel tasai llaw oer wedi cau am fy nghalon. Gwelais ei gar o yn fy meddwl, wedi ei barcio tu allan i'r tŷ hwnnw ar y stad.

"Dwi jest am redeg fyny i'r tŷ bach, fydda i'n ôl mewn dau funud!" meddai Ben, a diflannu i fyny'r grisiau.

ffurflen(ni) ac adroddiad(au) – *form(s) and report(s)*

Es i drwodd i'r gegin a dyna pryd y gwelais i'r ddwy stecen ar y llawr, a'r cig coch yn y canol wedi cael ei rwygo a'i fwyta. Roedd Dwynwen yn eistedd wrth ymyl y drws gwydr, yn llyfu ei cheg ac yn edrych yn hapus iawn, iawn.

15

Roedd y frechdan gaws wedi ei thostio yn eitha blasus, chwarae teg, yn enwedig efo'r nionyn a'r saws oedd i fod efo'r stêc. Mi ges i ychydig o bleser hefyd yn edrych ar y gath yn pwdu arna i o'r ardd. Roedd hi wedi cael ei **hel allan** yn **ddiseremoni** gan Ben pan ddaeth o i lawr y grisiau a fy ngweld i'n eistedd a 'mhen yn fy nwylo, a Dwynwen yn llyfu ei **phawennau** yn fodlon. A dweud y gwir, roedd Ben yn ymddwyn yn ofnadwy o neis.

"Hei, bechdan gaws o'n i'n ffansïo i swpar heno beth bynnag, sti!"

"Paid, Ben!"

"Na, wir 'ŵan!"

"Does dim rhaid i chdi ddeud hynna, sti!"

"Dwi'n ei feddwl o! A deud y gwir, tasai'r brenin ei hun yn dod â stecen ora'r byd i mi ar blât arian, mi faswn i'n deud, 'Na, dim diolch! Bechdan gaws i mi heno, a dim byd arall!'"

Gwenais i arno. Ond do'n i ddim yn teimlo fawr gwell. Wedi'r cyfan, doedd gan Dwynwen y gath ddim byd i'w wneud efo'r hen deimlad annifyr oedd gen i yng **ngwaelod** fy mol, nag oedd?

hel allan – *to send out*
diseremoni – *without ceremony*
pawen(nau) – *paw(s)*
gwaelod – *bottom*

Aeth y ddau ohonon ni i eistedd o flaen y teledu wedyn efo panad bob un. Syllais ar y lluniau ar y sgrin. Rhyw hen raglen gwis wirion oedd hi. Tasai Caio yma mi fasai o wedi newid y sianel yn syth! Ond roedd Ben i'w weld yn mwynhau, ac yn chwerthin yn uchel bob hyn a hyn ar rywbeth hurt roedd y cystadleuwyr wedi ei ddweud.

"Ti mewn hwylia da iawn!" meddwn i, a thrio fy ngora i swnio'n normal.

"Ma hi'n bwysig chwerthin weithia, tydy? Tydy hi ddim yn hawdd o hyd ond… mae'n bwysig trio!"

"Yndy," cytunais. Ond doeddwn i ddim yn medru peidio â meddwl am gar Ben tu allan i'r tŷ hwnnw, a doeddwn i ddim yn medru peidio â meddwl amdano fo'n dweud ei fod wedi bod yn gaeth yn y swyddfa drwy'r dydd… Celwydd!

Ro'n i'n falch iawn pan ganodd y ffôn symudol a gwelais mai Meic oedd yno.

"Meic, ti'n iawn?"

"Yndw… Nacdw… Lena, dwi'n gwbod bod hyn yn **fyr rybudd** ofnadwy, ond mae Sam 'di ffonio yn methu gneud y shifft heno."

Dim ond am eiliad, suddodd fy nghalon. Aeth Meic ymlaen â'i neges.

"Mae ganddo fo boen bol ofnadwy. Wedi cael cyrri rhy boeth neithiwr, medda fo."

Sam oedd y DJ arall oedd yn rhannu'r gwaith darlledu efo Meic. Doedd o ddim yn sâl yn aml iawn, ond os oedd o'n sâl, rhywbeth i'w wneud â'i stumog oedd y broblem bob tro.

byr rybudd – *short notice*

Roedd o wrth ei fodd â chyrri poeth, poeth ond doedd o byth yn cofio bod ei stumog yn anghytuno!

"A ti isio help?"

"Fedri di ddŵad i mewn ar y shifft nos efo fi? **Ti'n gwbod fel ma Llinos.**"

Ro'n i'n gwybod am Llinos yn iawn. Creadures nerfus iawn oedd hi, ac ro'n i'n synnu ei bod hi eisiau helpu yn yr orsaf radio o gwbwl, a dweud y gwir. Ond doedd hi ddim yn licio gweithio efo unrhyw DJ arall heblaw am Sam. Felly os oedd Sam yn methu gwneud y shifft, doedd Llinos ddim eisiau bod yno chwaith.

Ro'n i'n ddistaw am rai eiliadau, tan i Meic ddweud,

"Sori. Ddylwn i ddim bod wedi ffonio. Ro'n i jest yn meddwl ella..."

"Ma'n iawn. Mi ddo i draw."

"Ti'n siŵr sgin ti ddim cynlluniau eraill? Ti a Ben ddim 'di trefnu rhywbeth...?"

"Naddo!" atebais, braidd yn rhy sydyn. "Na, does 'na'm byd arbennig gen i heno. Ddo i draw erbyn deg, ia?"

Edrychodd Ben arna i fel tasai o ar fin dweud rhywbeth, ond **achubais y blaen** arno.

"Sori. Creisis. Rhaid i mi fynd i wneud shifft," meddwn, a gadael y stafell cyn iddo fo fedru dweud dim byd yn ôl.

Ti'n gwbod fel ma Llinos (Rwyt ti'n gwybod fel mae Llinos) – *You know how Llinos is*

achub y blaen – *to get there first (lit. to save the front)*

16

Roedd bod yn y stiwdio yn hwyr ar nos Iau yn union yr un fath â mynd yno ar ryw noson arall, mewn un ffordd. Yr un dyn oedd y swyddog diogelwch wrth y drws, yr un gofalwr oedd yn edrych ar ôl y lle ac yn trio defnyddio'r hwfer yn ystod y caneuon rhag ofn iddo wneud sŵn… Yr un stiwdio oedd hi wrth gwrs, yr un bwrdd cymysgu **sain** a phob dim yn ei le.

Ond ro'n i'n gorffen y shifft ac yn gadael y lle erbyn un ar ddeg fel arfer. Ella mai fy **nychymyg** i oedd o, ond roedd yna awyrgylch ychydig bach gwahanol i'r stiwdio a hithau'n hwyr y nos.

Un gwahaniaeth oedd **thema**'r noson. Roedd pob DJ yn licio rhoi ei stamp ei hun ar ei raglen, a chynnig rhywbeth unigryw. Nos Iau oedd noson Sam, ac roedd o'n licio rhoi cynnig i wrandawyr ffonio i gael sgwrs am bethau oedd yn eu poeni yn eu bywydau pob dydd. Dim pethau fel ailgylchu a phris petrol dw i'n feddwl, ond pethau mwy personol, pethau yn ymwneud â phroblemau perthynas ac ati. 'Sibryda wrth Sam' oedd teitl y rhaglen. (Enw gwirion oedd barn Meic, a rhaid i mi ddweud 'mod i'n cytuno!) Doedd dim rhaid i'r gwrandawyr ddefnyddio eu henwau iawn ar yr awyr os doedden nhw ddim eisiau gwneud

---

sain – *sound*
dychymyg – *imagination*
thema – *theme*

(ond roedd yn rhaid iddyn nhw roi eu henwau iawn i'r orsaf er mwyn diogelwch). Fel arfer roedd Sam yn gadael i bawb ffonio i mewn am beth bynnag oedden nhw eisiau siarad amdano, ond weithiau roedd Sam wedi rhoi 'thema' i'w raglen o flaen llaw.

A dyna oedd yn digwydd heno. Y thema oedd **'anffyddlondeb'**.

Dechreuais i deimlo'n sâl!

Sylwodd Meic ar fy wyneb yn syth. Roedd o'n fy nabod i mor dda erbyn hyn.

"Sori. Pwnc braidd yn drwm, 'de! Dylwn i fod wedi sôn ar y ffôn. Rhoi cyfle i ti ddeud 'na'..."

"Dim hynny ydy o... Dwi'n falch o gael dŵad allan o'r tŷ, deud y gwir wrthat ti. A dan ni wastad yn cael hwyl, tydan? Er bod dy jôcs di mor ofnadwy!"

"Hei, be ti'n galw dyn efo gwylan ar ei ben?"

"Cliff, ia, **wn i**!" atebais, yn reit ffwr-bwt.

Syrthiodd wyneb Meic am eiliad. Roedd gen i bechod drosto fo.

"Dyn **llefrith** o'r Eidal?"

"Dwn i'm, Meic, be wyt ti'n galw dyn llefrith o'r Eidal?"

"Tony Torri Poteli!" meddai yn wên o glust i glust. Roedden ni'n ôl **ar yr un donfedd**!

"Beth am yrrwr car rasio o'r Eidal, 'ta?" gofynnais i.

---

anffyddlondeb – *infidelity*

wn i = dw i'n gwybod

llefrith (gog) = llaeth (de) – *milk*

ar yr un donfedd – *on the same wavelength* (tonfedd – *wavelength*)

"Tony Torri Corneli!" meddai Meic, gan **wenu fel giât**.

Ond ro'n i'n gwybod hefyd bod Meic wedi sylwi ar fy ymateb gwreiddiol i.

Araf braidd oedd y galwadau gan y gwrandawyr ar y dechrau. Roedd hyn yn arferol, fel tasai pobol yn swil o fod y cyntaf i godi'r ffôn am rywbeth mor bersonol. Roedd Sam wedi dweud wrth Meic mai fel hyn fasai pethau.

Chwaraeodd Meic ganeuon llawn angst er mwyn creu awyrgylch. (Roedd 'na ddigon o ddewis, achos mae artistiaid yn hoff iawn o sgwennu a chreu pan maen nhw'n teimlo'n ddigalon!) "Mae hapusrwydd yn sgwennu'n wyn," meddai rhywun ryw dro, sef dydy'r **Awen** ddim yn llifo pan mae rhywun yn fodlon ei fyd! Ac mae hynny'n siŵr o fod yn wir.

Erbyn i mi glywed rhyw dair neu bedair cân oedd yn sôn **yn hiraethus** am golli cariad, neu am dorri calon, ro'n innau'n teimlo'n reit drist, ac yn methu peidio â meddwl am Ben a'r ffaith ei fod o wedi dweud celwydd wrtha i am le fuodd o yn ystod y dydd.

Yng nghanol un gân, estynnodd Meic ei law at fy llaw i a'i gwasgu hi.

"Haia chdi! Ti'n OK? Ti isio siarad?"

Roedd ei lygaid yn llawn gofal.

Ysgwyd fy mhen wnes i.

"Dwi'n iawn, sti. Diolch, Meic…"

"Iawn. Grêt felly!" meddai, ond yr oedd yn amlwg o'i wyneb

---

giât – *gate*; gwenu fel giât – *to smile broadly (lit. to smile like a gate)*
Awen – *inspiration*
hiraethus – *longing, wistful*

o, doedd o ddim yn fy nghredu i. "Ond ti'n gwbod lle ydw i… Os mêts…"

"Mêts! Ia, wn i."

Canodd y ffôn i achub y sefyllfa, a daeth llais dyn yr ochr arall. Dechreuodd hwnnw **fwrw ei fol** am y ffaith iddo fod mewn perthynas efo'r ddynes drws nesa am ugain mlynedd, a'i fod o'n dechrau meddwl ella y dylai o ddweud y cyfan wrth ei wraig. **Ochneidiais**. Roedd hi'n mynd i fod yn noson hir.

---

bwrw ei fol – *to pour one's heart out (lit. to pour one's stomach out)*
ochneidio – *to sigh, to groan*

17

Erbyn i mi ddeffro y bore wedyn, roedd Ben wedi gadael y tŷ am ei waith. Ac ro'n i'n falch. Roedd hi bron yn ddau o'r gloch y bore arna i yn dŵad adra o'r orsaf, er bod y rhaglen wedi gorffen am hanner nos. Roedd Meic a finna wedi eistedd yn y cantîn bach ar lawr gwaelod adeilad yr orsaf, yn yfed coffi peiriant ych-a-fi mewn cwpanau plastig. A siarad. Doedd hi ddim wedi bod yn hawdd **twyllo** Meic 'mod i'n iawn; roedd o'n fy nabod i'n rhy dda, toedd?

Adroddais i'r hanes i gyd wrth Meic, a hanner disgwyl iddo fo gytuno efo fi a **chydymdeimlo** bod gen i ŵr oedd yn amlwg yn cael affêr ac yn trio cuddio'r peth. Ond nid dyna wnaeth Meic o gwbwl.

"Yli, **cym bwyll**, boi!" meddai, a'i lygaid brown yn sgleinio yng ngolau'r bwlb trydan oedd uwch ein pennau ni.

"Ti'n poeni heb angen, Lens. Sgin ti'm tystiolaeth o ddim byd, nag o's?"

"Ond welish i ei gar o! Pam fasa fo'n deud celwydd wrtha i? Deud bod o 'di bod yn y swyddfa trwy'r dydd a finna wedi…"

"Ti'n siŵr mai ei gar o oedd o?"

"Yndw… Wel…"

---

twyllo – *to trick*
cydymdeimlo – *to sympathize*
cym bwyll – *be careful*

"Wel... be?"

"Wel, ro'dd o'n union yr un fath!"

"A'r un rhif a phob dim?"

"Oedd! Wel... oedd! Dwi'n siŵr ei fod o!"

Ond y gwir oedd, do'n i ddim wedi edrych yn iawn ar y rhif, nag o'n? Roedd y **llythrennau** ar y dechrau yr un fath, roedd y car yr un mêc, yr un lliw... Ond...

"A hyd yn oed os mai car Ben oedd yna, ella bod o jest wedi picio draw i weld cleient am bum munud, ac wedi anghofio deud."

"Anghofio deud! Pam fasai o'n anghofio...!"

"Oherwydd bod o'n anghofio petha weithia! Fel chdi! Fel fi! Fel pawb ohonon ni! Rho frêc i'r boi! Chwara teg!"

Do'n i ddim yn fodlon derbyn y theori honno ar y dechrau. Roedd gan Ben gof ffantastig, roedd o'n seren y cwis tafarn ers talwm oherwydd ei wybodaeth am **y byd a'r betws**, ac yn llawer gwell am gofio ffeithiau na fi.

Ond erbyn meddwl, roedd ganddo fo lot fawr ar ei blât yn ddiweddar rhwng **pwysau gwaith** ac ati. A doedd o ddim i'w weld yn iawn ers i Caio adael am y coleg, rhywsut. Roedd **ei ben yn ei blu** braidd. Ella 'mod i wedi poeni gormod am fy nheimladau i fy hun a heb feddwl sut oedd Ben yn teimlo am y peth. Ac roedd pawb yn y byd yn gwybod bod dynion yn anobeithiol

---

llythyren, llythrennau – *letter, letters (of the alphabet)*

y byd a'r betws – *everything under the sun (lit. the world and his 'bead–house' – originally 'prayer house')*

pwysau gwaith – *work pressure*

ei ben yn ei blu – *a bit downhearted (lit. his head in his feathers)*

am drafod eu teimladau, toedd? Wel, pawb ond Meic. Roedd Meic yn medru trafod teimladau yn dda iawn. Yn enwedig fy nheimladau i!

Erbyn i ni orffen y banad o goffi a ffarwelio, ro'n i'n teimlo'n well. Ac yn falch iawn bod gen i ffrind mor dda â Meic oedd yn fodlon gwrando a chynnig **cyngor call**.

cyngor call – *sound advice*

18

Cnoc, cnoc, cnoc, cnoc. (SAIB.) Cnoc, cnoc.

"Helô, Mrs Morris, dim ond fi sy 'ma!"

Ro'n i wedi dechrau creu cnoc unigryw fasai'n gwneud yn siŵr bod Mrs Morris yn gwybod mai fi a neb arall oedd yno.

Roedd y byd yn lle reit **frawychus** i hen bobol, pan oedden nhw'n mynd yn fwy bregus. Y peth lleia baswn i'n medru ei wneud oedd gwneud pethau'n haws i Mrs Morris.

Doedd dim rhaid i mi boeni.

"Lena! Ro'n i'n gwbod mai chi o'dd yna o'r ffordd roedd Mr Huws yn ysgwyd ei gynffon!" meddai Mrs Morris, gan agor y drws mor llydan â'i gwên.

"Helô, boi bach! Helô, Mr Huws!" **Anwesais** i ei glustiau. Rhoddodd Mr Huws sws fawr wlyb i'm llaw yn ateb!

"Dach chi ar frys? Dwi wedi gneud fflapjacs! Dowch drwodd i'r cefn!" meddai Mrs Morris, a dilynais hi i gegin fach olau, braf yn edrych allan ar olygfa o ardd hir. Roedd yr ardd yn arfer bod yn lle braf iawn i ymlacio ynddo, dw i'n siŵr, ond roedd y **glaswellt** yn hir erbyn hyn, a golwg flêr arno.

Mae'n rhaid bod Mrs Morris wedi sylwi arna i'n edrych ar yr ardd, ac meddai,

---

brawychus – *frightful, terrifying*
anwesu – *to caress, to pet*
glaswellt – *grass*

"Sori am y llanast. Dwi'm 'di medru torri gwair ers misoedd, roedd y glun yn brifo gormod," meddai. "Roedd y dyn drws nesa yn arfer dŵad i helpu ond mae o wedi symud i fyw i'r dre efo'i ferch erbyn hyn, felly ma'r lle yn edrych fel jyngl!"

"Mae 'na lot o waith efo gardd. Ond mae'n braf bod gynnoch chi le preifat yn y cefn!" atebais innau, gan drio gwneud iddi deimlo dipyn bach gwell.

Roedd gen i bechod drosti hi, yn gorfod dibynnu ar bobol eraill drwy'r amser.

"Biti na fasai Mr Huws 'ma dipyn mwy handi efo peiriant torri gwair!" meddai Mrs Morris dan chwerthin.

"Dowch! Cymerwch fflapjacs! Ro'n i'n arfer coginio lot pan oedd Ralph…"

Stopiodd siarad am eiliad cyn mynd yn ei blaen.

"Ma'n neis medru coginio a rhannu efo rhywun arall, tydy?"

Roedd y fflapjacs yn edrych yn euraidd ac yn fendigedig. Ac ro'n i eisiau bwyd braidd.

Ymhen deg munud roedd y ddwy ohonon ni'n eistedd wrth fwrdd y gegin efo panad o de bob un, a fflapjac.

"Ydach chi'n coginio tipyn, Lena?" gofynnodd.

Gwenais, a dechrau dweud stori neithiwr wrthi hi, am y pryd bwyd crand ro'n i wedi ei baratoi i Ben, ac am Dwynwen y gath a'i swper lwcus hi!

Roedd hi'n braf clywed Mrs Morris yn chwerthin, roedd hi'n swnio fel nant yn giglan ei ffordd i lawr y mynydd.

O'r diwedd, stopiodd Mrs Morris chwerthin a sychu'r dagrau oedd yn rhedeg i lawr ei bochau.

"Honna ydy'r stori orau i mi ei chlywed ers tro byd! Reit dda, 'rhen Dwynwen!"

"Hmm!" meddwn innau, ond roedd hi'n amhosib peidio â gwenu hefyd.

"Diolch, Lena. Am ddeud yr hanes!"

"Mae yna ryw dda wedi dŵad allan o'r peth felly!" meddwn dan wenu. "Mrs Morris..." dechreuais. "Fasach chi'n licio i mi..."

"Thelma, Thelma, plis! Mae 'ngalw i'n Mrs Morris yn gneud i mi deimlo'n hen!" meddai, ac wrth edrych ar y ffon wrth ei hymyl, gwenodd.

"Sut wyt ti'n teimlo tu mewn sy'n bwysig, Lena. Dim y gragen tu allan. Tu mewn, dwi'n ugain oed eto, yn rhedeg fel **rhuban** i fyny ac i lawr y bryniau gwyrdd..."

Edrychodd hi allan ar yr ardd, a golwg **freuddwydiol** ar ei hwyneb. Ro'n i'n dechrau licio Mrs... Thelma fwy a mwy. Sylwais i ei bod hi wedi newid o'r 'chi' i'r 'ti' efo fi. Roedd o'n deimlad braf. Ond do'n i ddim yn siŵr faswn i'n medru ei galw hi'n 'ti' chwaith, rhywsut!

"Fasach chi'n licio i mi drio torri'r gwair i chi, rhyw dro, Thelma...?" gofynnais. "Fasai o ddim trafferth, wir! Os oes gynnoch chi beiriant sydd mewn cyflwr iawn, **faswn i fawr o dro** yn cael trefn ar yr ardd."

"Ella wir, Lena fach. Ella wir. Dwi'n colli mynd allan i'r ardd a chlywed yr haul ar fy wyneb, rhaid i mi ddeud. A mi fasai Mr

---

rhuban – *ribbon*

breuddwydiol – *dreamy*

faswn i fawr o dro – *I wouldn't be long (lit. I wouldn't be much time)*

Huws… Wel, mi fasai Mr Huws wrth ei fodd!"

Wrth glywed ei enw, penderfynodd Mr Huws wneud ei **bresenoldeb** yn amlwg a dod rhwng y ddwy ohonon ni, gan lyfu fy llaw ac ysgwyd ei gynffon. Roedd hi'n amser mynd am dro!

Wrth symud o'r gegin at y drws ffrynt, dyma Mrs Morris… sori, Thelma, yn rhoi ei llaw ar fy mraich, a dweud,

"Bydda'n ofalus, Lena."

Gwenais i a nodio fy mhen.

"Mi wna i, siŵr!"

Be oedd yn bod ar Thelma? Oedd hi'n meddwl 'mod i ddim yn ddigon hen i groesi'r ffordd ar fy mhen fy hun? Fel tasai hi'n darllen fy meddwl, dywedodd,

"Dim wrth groesi'r ffordd na dim byd felly dwi'n feddwl. Dim ond… Wel, bydda'n ofalus," meddai eto, gan bwysleisio'r gair 'gofalus' gan wasgu fy mraich.

Nodiais i fy mhen eto. "Mi wnawn ni, Thelma. Peidiwch â phoeni."

Dechreuodd Mr Huws a finnau ar ein tro, ond roedd fy mhen yn llawn o'r **olwg bryderus** oedd ar wyneb Thelma.

presenoldeb – *presence*
golwg bryderus – *worried look*

19

Roedd Mr Huws yn fwy gwyllt nag arfer wrth i ni fynd am dro, ac yn tynnu ar ei dennyn yn awyddus. Er ei fod o'n gi cryf, hyd yma roedd o fel arfer yn un da am gerdded yn daclus wrth fy ymyl, heb drio dangos ei gryfder. Ond heddiw roedd o'n debycach i gi ifanc oedd **wedi cyffroi'n lân**.

Ella mai dyma oedd Thelma Morris yn ei feddwl wrth ddweud wrtha i am fod yn ofalus. Ella bod Mr Huws wedi bod yn llawn cyffro ers iddo fo ddeffro ac roedd hi'n gweld y basai'n fwy o dasg nag arfer ceisio cadw trefn arno. Ond tasai hi wedi dweud hynny, mi faswn i wedi gallu osgoi poeni amdani hi wedyn, a throi ei geiriau drosodd a throsodd yn fy meddwl.

Dim Thelma yn unig oedd ar fy meddwl i, wrth gwrs. Ro'n i'n **dal i bendroni** am be oedd Meic wedi ei ddweud neithiwr am Ben, ei fod o wedi anghofio dweud wrtha i iddo bicio allan o'r swyddfa yn ystod y dydd, mae'n siŵr. Ond doedd Ben ddim yn anghofio pethau, nac oedd? A fasai o byth yn anghofio rhyw ffaith fel'na. Ac roedd hynny'n golygu ei fod o wedi dweud celwydd wrtha i, wedi 'anghofio' yn fwriadol. Ond pam? Pam fasai o'n gwneud hynny os doedd ganddo fo ddim byd i'w guddio? Doedd 'na ddim pen blwydd priodas na dim fel hynny ar y gorwel, felly doedd o ddim yn fater o guddio rhyw syrpréis hyfryd na dim byd

wedi cyffroi'n lân – *very excited*
dal i bendroni – *still wondering*

felly! Roedd pob dim yn arwain at un peth: affêr.

Roedd fy meddwl i mor bell, a Mr Huws yn tynnu mor ofnadwy, wnes i ddim sylweddoli 'mod i wedi cyrraedd rhywle oedd yn **ddieithr** i mi. Fel arfer, roedden ni'n mynd i lawr y stryd fawr a dŵad adra'n ôl heibio'r **stad dai** ac ar hyd yr afon cyn ymuno eto â'r ffordd oedd yn arwain yn ôl at dŷ Thelma. Ond **rhywsut neu'i gilydd**, roedden ni rŵan ar **gyrion** y dre wrth ymyl **stad ddiwydiannol** oedd wedi gweld dyddiau gwell.

Ac yna cyn i mi gael cyfle i geisio tynnu Mr Huws yn ôl, er mwyn i ni allu mynd yn ôl y ffordd daethon ni, mi ddiflannodd Mr Huws! Mae'n rhaid 'mod i wedi **llacio fy ngafael** ar y tennyn ychydig bach, ac i ffwrdd â fo dan gyfarth, i gyfeiriad un o'r adeiladau ym mhen draw'r stad.

Rhegais i'n uchel, gan fod 'na neb o gwmpas i 'nghlywed i! Roedd y lle yn dawel fel y bedd, a doedd neb yno ond y fi a'r hen gi hurt bost 'ma oedd wedi penderfynu mynd am dro ar ei ben ei hun! **Damia fo!**

"Mr Huws? Ty'd yn ôl y munud 'ma!" gwaeddais, a chlywed fy **adlais** yn gwneud hwyl am fy mhen!

"Munud 'ma… munud 'ma!"

---

dieithr – *unfamiliar*
stad dai – *housing estate*
rhywsut neu'i gilydd – *somehow or other*
cyrion – *outskirts*
stad ddiwydiannol – *industrial estate*
wedi llacio fy ngafael – *loosened my grip*
Damia fo! – *Damn him!*
adlais – *echo*

Ond yna aeth pob man yn ddistaw eto!

"Mr Huws!" gwaeddais eto.

"Huws… Huws… Huws!" meddai'r adlais, ac am funud ro'n i eisiau chwerthin, roedd y sefyllfa mor abswrd. Dyma fi, yn galw enw Mr Huws mewn stad ddiwydiannol anial, a neb yn fy nghlywed i ond y gwynt! Am ffordd ryfedd i dreulio fy amser! Mi fydd Meic yn siŵr o fwynhau'r stori pan fydda i'n dweud wrtho fo ar y shifft nesa!

Ond buan iawn y **sobrais**; doedd hi ddim yn sefyllfa ddoniol o gwbwl.

"Mr Huws! Ty'd yma!" gwaeddais eto, ella ychydig bach yn llai **blin** ac yn fwy **pryderus**. Be tasai'r ci wedi mynd yn sownd yn rhywle ac yn methu dŵad allan? Ella'i fod o wedi syrthio i mewn i ryw dwll dwfn, a'i fod o'n trio ateb ond ro'n i'n methu ei glywed!

Clywais sŵn **crawcian aflafar** a dyna lle roedd brân yn **cylchu** uwch fy mhen. **Doedd hynny'n fawr o gysur!** Ro'n i wedi gweld gormod o ffilmiau cowboi efo Ben i wybod, doedd crawcian **brân** uwchben byth yn arwydd da!

Yna, clywais sŵn cyfarth yn dŵad o rywle yn bell, bell i

---

sobri – *to sober up*
blin (gog) = crac (de) – *angry*
pryderus – *anxious*
crawcian aflafar – *harsh croaking*
cylchu – *circling*
Doedd hynny'n fawr o gysur! – *That wasn't much consolation!*
brân – *a crow*

ffwrdd. **Daliais fy ngwynt** a gwrando'n ofalus eto. Dyna fo eto, sŵn cyfarthiad Mr Huws oedd hwnna, **yn ddi-os**.

Dechreuais i ddilyn y sŵn.

dal fy ngwynt – *to catch my breath*
yn ddi–os – *undoubtedly*

20

Ar y dechrau, ro'n i'n meddwl ei bod hi'n amlwg o le roedd sŵn cyfarth Mr Huws yn dŵad. Gan gerdded yn reit gyflym (do'n i ddim yn mynd i redeg marathon i'r ci hurt, nac o'n wir!) es i draw i gyfeiriad un o'r siediau mwyaf yng nghanol y stad, un â drysau mawr haearn arni, a chlo digon mawr i alw 'chi' arno yn **gwarchod** yr eiddo tu mewn.

Wrth i mi nesáu at y drws hwnnw, stopiodd y sŵn cyfarth. Ond doedd dim golwg o gwbwl o'r ci.

Gwrandawais yn ofalus, ac yna clywais i Mr Huws eto, ond roedd y sŵn cyfarth yn fwy ffyrnig y tro hwn, yn fwy desbret. Lle bynnag oedd o, doedd o ddim yn hapus.

Cyn pen dim ro'n i wedi dechrau rhedeg **i gyfeiriad** y sŵn.

Wrth gyrraedd yr adeilad yn y pen draw a throi'r gornel, rhewais. Dyna lle roedd Mr Huws ond roedd 'na ddau ddyn yn sefyll wrth ei ymyl. Roedd un ohonyn nhw'n gwisgo siwt reit flêr ac roedd gan y llall het. Roedd y dyn yn yr het yn gafael yng **ngholer** Mr Huws ac yn trio ei ddal yn ôl rhag ofn iddo fo neidio i fyny ar y dyn yn y siwt. Ac yna sylwodd un ohonyn nhw 'mod i'n sefyll yno. Trodd y ddau a syllu arna i, heb ddweud yr un gair.

gwarchod – *to protect*
cyn pen dim – *in no time*
i gyfeiriad (y sŵn) – *in the direction (of the noise)*
coler – *collar*

Ond wedi fy ngweld i, **llamodd** Mr Huws o afael y dyn oedd yn dal ei goler a neidio tuag ata i a'i gynffon yn ysgwyd. Roedd o mor falch o 'ngweld i.

"Sori... wedi... colli... fy nghi... Aeth o ar goll... Sori... dwi'n..."

Ond dal i syllu wnaeth y ddau dyn, a'u llygaid yn **culhau**.

Ac yna penderfynais i fod yn well i mi adael. A hynny mor fuan â phosib.

"Ty'd, Mr Huws, yr hogyn drwg!" meddwn a chydio yn y tennyn gan droi ar fy sawdl a dechrau cerdded yn sydyn tuag at y lôn fawr. Wrth i ni gerdded, roedd Mr Huws yn dal i edrych yn ôl tuag at y ddau ac yn chwyrnu'n isel yn ei wddw.

"Ty'd, ty'd!" meddwn. "Anghofia amdanyn nhw! Ty'd!"

Tasai o ond yn medru siarad! Be yn y byd oedd y ddau foi yna'n ei wneud yn **cynllwynio** ym mhen draw hen stad ddiwydiannol? Roedd yr ateb 'cyffuriau' i'w weld yn amlwg, ond eto roedd 'na rywbeth am y ddau oedd yn gwneud i mi feddwl doedden nhw ddim yn delio cyffuriau. Doedden nhw ddim wedi trio cuddio pecyn bach, na dim byd, pan wnes i gyrraedd (ond ella wir bod hyn wedi digwydd cyn i mi landio, dw i'n gwybod hynny). Ond doedd pethau ddim yn **taro deuddeg.**

Penderfynais i beidio â sôn gair am y peth wrth Thelma ar ôl i mi gyrraedd yn ôl, gan ei bod hi'n amlwg yn nerfus am y byd y tu

---

llamu – *to leap*

culhau – *to narrow*

Tasai o ond yn medru siarad! – *If only he could talk!*

cynllwynio – *to plot*

taro deuddeg – *to feel right (lit. to hit twelve)*

hwnt i'w drws ffrynt yn barod. Mi faswn i'n dweud bod Mr Huws a minnau wedi cael tro bach braf a bod Mr Huws yn well o lawer ar ôl **cael gwared ar** dipyn o egni.

Ond wrth nesáu at y tŷ, roedd y llen les yn y **parlwr ffrynt** wedi ei dynnu'n ôl ac roedd Thelma'n sefyll yno fel sowldiwr, yn amlwg wedi bod yn disgwyl amdanon ni ers tro.

Cafodd y drws ffrynt ei agor i ni ymhen dim.

"Lle dach chi 'di bod? Dach chi'n hwyrach o lawer nag arfer, eich dau!" meddai hi, gan edrych yn bryderus arna i, ac yna ar Mr Huws, oedd yn syllu arni hi fel tasai o'n deall pob gair.

"Mi benderfynodd Mr Huws ei fod o wedi blino ar ein taith arferol a mi aeth â fi yn bellach nag ro'n i 'di'i feddwl!" atebais, gan geisio swnio'n **ddidaro**. "Mae o'n llawn egni heddiw, tydy!"

"Welodd rhywun chi? Oeddech chi'n… oeddech chi ynghanol pobol eraill?" gofynnodd Thelma wedyn, **a syllu'n daer** i'n llygaid i wrth ofyn y cwestiwn od.

Doeddwn i ddim yn meddwl y basai dweud y gwir yn syniad da. Roedd Thelma i'w weld yn poeni yn ofnadwy am rywbeth, a do'n i ddim eisiau ychwanegu at ei **phryder** hi.

"Oeddan tad, dim ond mynd i ben draw y stryd fawr wnaethon ni a dŵad adra ar ffordd wahanol wedyn. Ma'n rhyfedd sut mae tro hanner awr yn medru mynd yn nes at awr heb i chi sylwi, tydy!"

cael gwared ar – *to get rid of*
parlwr (ffrynt) – *(front) parlour*
didaro – *nonchalant, casual*
syllu'n daer – *to stare imploringly*
pryder – *anxiety*

Mi ges i wên fach wan yn ôl gan Thelma, ond roedd yn amlwg o'i llygaid hi, doedd hi'n ddim yn credu fy stori gant y cant.

Gwrthod ei chynnig i fynd i mewn am banad arall wnes i. Do'n i ddim yn meddwl y baswn i'n medru dal at fy stori tasai hi'n holi ymhellach.

Ond llygaid pryderus Thelma oedd yn fy meddwl i yr holl ffordd adra. Hynny a dyn mewn hen siwt flêr ac un arall mewn het…

21

Pan gyrhaeddais i adra, sylwais fod 'na olau coch ar y ffôn yn y cyntedd, yn dweud bod gen i neges peiriant ateb. Gwrandawais ar lais robotaidd y ffôn i ddechrau: "You have one new message." Pam mai dynes oedd y llais yma pob tro, meddyliais!

Caio oedd yno. Es i'n wan yn syth wrth bwyso'r botwm a dechrau clywed ei lais, ond buan iawn y gwnes i deimlo'n well. Roedd o'n swnio'n hapus iawn ei fyd.

"Haia Mam! Dach chi'n iawn? Caio sy 'ma. Yn amlwg (SŴN CHWERTHIN). Ro'n i jest isio… Wel, ffoniwch fi, ia? Pan dach chi'n cael y neges 'ma? Diolch! Caru chi!"

Eisteddais i wrth y ffôn am funud ar ôl gwrando ar ei neges. Roedd y tŷ yn teimlo hyd yn oed yn ddistawach rŵan bod llais Caio wedi mynd.

Edrychais ar fy oriawr wedyn a sylweddoli ei fod wedi ffonio ers tua awr. "Ffoniwch pan dach chi'n cael y neges", dyna ddywedodd o, ond be tasai ganddo fo ddarlith erbyn hyn? Penderfynais fentro a ffonio beth bynnag.

Atebodd yn syth.

"Haia Mam, dach chi'n iawn?"

"Dwi'n grêt! Chditha?"

"Yndw, dwi wrth 'y modd yma. Wedi gneud lot o ffrindia. Lot o gymdeithasu…"

"A'r cwrs? Sut ma'r cwrs?" Wel, os do'n i ddim yn chwarae rôl y fam ddiflas gyfrifol, pwy oedd yn mynd i wneud hynny?

Chwerthin wnaeth Caio. "Ia, ma'r cwrs yn mynd yn dda hefyd! Dwi'n joio!"

"A sut ma'r pres yn dal? Sgen ti ddigon?"

"Ma'n iawn. Wnes i wario gormod braidd yn yr wythnosau cynta, ond dwi'n dechra **callio** rŵan."

"Reit dda chdi!"

Pam oedd o'n ffonio, meddyliais. Os oedd pob dim yn iawn, pam oedd o'n ffonio?

"Sgin ti hiraeth? Pa bryd ti'n dŵad adra nesa?"

Grêt, Lena, meddyliais. **Cynnil fel bricsan**! Ond mae'n rhaid bod Caio heb fy nghlywed i, achos wnaeth o ddim ateb, dim ond gofyn,

"Ydy Dad yn iawn?"

"Yndy, sti…"

"Dach chi 'di cael… gair efo fo?"

"Dan ni'n rhannu sawl gair mewn diwrnod…"

"Dim dyna… Dach chi 'di siarad? Sortio petha?"

Pwysais i'n ôl a rhoi fy mhen ar y wal tu ôl i mi. Roedd o'n gwybod! Yn gwybod. Am Ben. Am yr affêr. Mae'n rhaid bod pethau'n fwy difrifol nag o'n i'n ei feddwl os oedd Ben wedi mynd i'r drafferth i ddweud wrth Caio, o bawb! A heb drafferthu dweud wrtha i, ei wraig!

"Mam?"

Deffrais wrth glywed llais Caio eto.

---

callio – *to wisen up*

cynnil fel bricsan (gog) = bricsen (de) – *subtle as a brick*

"Ma pob dim yn OK, Caio. Mi wnawn ni sortio petha," meddwn.

Mae'n rhaid 'mod i'n swnio'n reit hyderus wrth ddweud y geiriau, achos roedd Caio'n swnio'n hapus â'r ateb.

"Dwi'n siŵr fydd petha'n iawn, 'chi, Mam. Tydy o ddim yr amsar gora i chi fynd drwy betha fel hyn, nacdi? Efo fi wedi gadael am y coleg a phob dim. Ond mi ddowch chi drwyddi, dwi'n siŵr. Dim ond i chi **ddal i gredu**!"

Ai hwn oedd yr hogyn ifanc oedd wedi gadael y nyth ers dim ond ychydig wythnosau, heb syniad sut i wneud *spaghetti bolognese*? Roedd o'n swnio mor gall, mor **aeddfed**!

Dw i ddim yn cofio be ddywedais i wedyn, dim ond "diolch", neu "cym ofal", neu "pryd ti'n ffonio nesa?", mae'n siŵr, yr un hen bethau arferol. Ac yna ro'n i'n gafael yn y ffôn ac yn gwrando ar y dôn hir **undonog** oedd yn arwydd bod y sgwrs ar ben.

dal i gredu – *to still believe, to hold out hope*
aeddfed – *mature*
undonog – *monotonous*

22

"Hanner o lager fel arfer?" gofynnodd Meic.

"Gwna fo'n beint!" meddwn innau. "Plis!"

"Peint amdani, 'lly," meddai Meic, dan wenu.

Do'n i ddim yn gyrru, felly pam lai?

Roedd y dafarn yn brysur, gan ei bod yn amser cinio dydd Gwener a llond y lle o bobol mewn siwtiau. Roedd **cynnwrf** y penwythnos wedi dechrau **gwau ei hud** amdanyn nhw i gyd yn barod. Dyna un peth o'n i'n ei golli am weithio: y teimlad pnawn dydd Gwener arbennig hwnnw.

Prin y medrwn i weld pen cyrliog tywyll Meic wrth y bar, roedd y lle mor brysur. Wrth lwc, roedden ni wedi cael bwrdd bach i eistedd yng nghornel y dafarn, yn ddigon pell o'r sgrin deledu fawr oedd yn dangos chwaraeon o bob math am bedair awr ar hugain. Pwy sydd eisiau edrych ar chwaraeon am 24 awr! Eisteddais i'n ôl a dechrau ymlacio. Roedd hyn yn syniad da. Dŵad i dafarn ddiarth oedd yn llawn o bobol ddiarth er mwyn i Meic a fi fedru siarad am Ben a galwad ffôn Caio. Dim fod 'na unrhyw beth i'w ddweud mewn gwirionedd. Roedd pob dim wedi cael ei ddweud, toedd? Roedd hi mor amlwg â… â ffroth

---

cynnwrf – *excitement*
gwau ei hud – *to weave its magic*
prin y medrwn i (weld) – *I could barely (see)*

ar beint o gwrw, bod Ben yn cynnal rhyw fath o **garwriaeth gyfrinachol** ers tro, a'i bod hi mor ddifrifol nes iddo fwrw ei fol wrth Caio.

"*Pork scratchings!*" meddai Meic, a thaflu paced bach llwyd ar y bwrdd bach o 'mlaen, gan osod dau beint o lager i lawr hefyd.

"Ych a fi! Dim diolch!" meddwn, a thynnu fy nhafod. Chwerthin wnaeth Meic.

"Duwcs, wneith o ddim dy ladd di!" meddai Meic yn ôl, gan agor y paced a dechrau eu bwyta, cyn gafael yn ei wddw a dechrau **esgus** tagu.

"Doniol iawn!"

Do'n i ddim yn yr **hwyliau gorau**, ond unwaith eto, ro'n i'n methu peidio â gwenu yng nghwmni Meic.

"Felly be dwi'n mynd i wneud nesa, Meic?"

"Hmmm… Am be ddudodd Caio, ia?"

"Ia!"

"Hmmm," meddai eto. "Anodd. A ti'n siŵr bo chdi 'di clywed be ddwedodd o'n iawn? Tydy signal y ffonau symudol yma ddim yn wych weithia…"

"Do! Wnes i glywed be ddudodd o'n berffaith glir! Yn anffodus! Gofyn wnaeth o oedd Ben yn iawn ac os oeddan ni wedi cael cyfle i siarad ac i sortio petha'. Dyna'n union ddudodd o, Meic."

---

carwriaeth gyfrinachol – *secret courtship*
esgus – *to pretend (also, an excuse)*
(yr) hwyliau gorau – *(the) best mood*

"Wela i…" dechreuodd Meic gnoi yn arafach ac yn fwy **meddylgar**.

"Felly ma'n hollol amlwg be sy'n mynd ymlaen, tydy? Ma Ben yn cael affêr, a mae o 'di dewis deud wrth ei fab yn hytrach na'i wraig! A rhaid bod hon yn fwy na rhyw ffling, neu fasai o ddim yn trafferthu deud wrth Caio, na fasai!"

Doedd hyd yn oed Meic ddim yn gallu anghytuno â hynny.

"Rhaid i mi ddeud bod petha ddim yn edrych yn dda…" meddai Meic, a rhoi ei law ar fy mraich. "Sori, Lena. Do'n i byth yn meddwl basai Ben o bawb…"

Hynny oedd y drwg, y ffaith bod Meic, Mistar Positif ei hun, yn gorfod **cydnabod** i Ben fod yn **anffyddlon**. Dyna wnaeth i mi ddechrau crio i mewn i fy lager, sniffian crio fel rhyw hogan ysgol oedd wedi cael ei brifo, nid fel dynes ganol oed oedd yn siarad am ei gŵr, y dyn yr oedd hi wedi ei garu ers pan oedden nhw yn yr ysgol.

"Hei, ty'd 'wan," meddai Meic yn annwyl. "Fydd dy fasgara di'n rhedeg! Fyddi di'n edrych fel Seren! Ty'd! Cym hances!"

Codais fy mhen a gafael yn yr hances bapur roedd Meic yn ei chynnig. A dyna pryd welais i o. Roedd o'n sefyll yn pwyso yn erbyn y bar ym mhen pella'r dafarn, yn syllu arna i.

Er ei fod o'n eitha pell oddi wrtha i, ac er bod y dafarn yn llawn pobol, ac er ei fod o ar ei ben ei hun y tro yma, ro'n i'n ei nabod o: y barf, y croen llyfn… hwn oedd y dyn oedd ar y stad ddiwydiannol efo'r dyn arall ddoe. Y dyn yn yr het!

meddylgar – *pensive, thoughtful*
cydnabod – *to acknowledge*
anffyddlon – *unfaithful*

"Lena?" gofynnodd Meic, pan welodd o fi'n syllu i gyfeiriad y dyn. Y funud honno, digwyddodd rhyw **strach** wrth y bar. Trodd Meic ei ben, ond erbyn hynny roedd y dyn wedi diflannu.

"Lena? Ti'n iawn?" gofynnodd Meic eto. "Ti'n edrych fel taset ti 'di gweld ysbryd!"

---

strach (gog) = stŵr (de) – *fuss, bother*

23

Doedd gen i ddim llawer o amynedd aros yn hir yn y dafarn wedyn. Roedd heddiw wedi bod yn ddiwrnod llawn cynnwrf a do'n i ddim wedi cael llonydd i drio gwneud synnwyr o bob dim ar fy mhen fy hun. Ac er bod Meic yn ffrind da oedd yn fodlon bod yn glust i mi, do'n i ddim yn barod eto i ddweud wrtho fo am y dyn yn y dafarn a'r digwyddiad efo'r ci. Roedd o wedi gwrando digon arna i am un diwrnod.

A beth bynnag, ro'n i wedi bod yn troi geiriau Caio yn fy meddwl eto, **dro ar ôl tro**.

"Dal i gredu." Dyna roedd o wedi'i ddweud, ynte? "Mi ddowch chi drwyddi, dim ond i chi ddal i gredu."

Pam fasai o'n dweud hynny os doedd o ddim yn meddwl bod yna obaith i briodas Ben a finnau? Os oedd Ben wedi dweud wrth Caio ei fod o'n dymuno fy ngadael i er mwyn symud i mewn at y... ddynes arall 'ma, pam fasai Caio yn llawn **ffydd** y basai ein priodas ni'n iawn?

Roedd yr holl feddyliau yma yn troi yn un **lobsgows** yn fy mhen. Penderfynais i mai'r unig beth ro'n i eisiau ei wneud oedd mynd i orwedd i lawr a chau fy llygaid mewn tŷ gwag, distaw. Cau fy llygaid a chau'r byd allan yn yr un ffordd.

> dro ar ôl tro – *time after time*
> ffydd – *faith*
> **lobsgows (gog) = cawl (de)** – *lobscouse, hotch–potch*

"Helô!" gwaeddais ar ôl agor y drws ffrynt. "Helô?"

Pryd faswn i'n stopio'r arfer yma, tybed? Fydda i'n dal i alw "Helô" wrth wthio'r goriad yn nhwll y clo pan fydda i'n hen wraig? Fel Thelma. Yn syllu **yn ddiymadferth** ar ardd gefn wyllt ac yn dibynnu ar bobol eraill i fynd â fy nghi am dro…

Penderfynais gau'r llenni yn y lolfa a mynd i orwedd ar y soffa. Do'n i ddim eisiau mynd i orwedd ar y gwely a finnau'n **holliach**. Eisiau llonydd o'n i, dyna i gyd. Eisiau anghofio am bob dim am ryw awr.

Pan ddeffrais i, oriau'n ddiweddarach, roedd y lolfa'n dywyll, roedd 'na bwysau bwndel blewog ar fy mrest, a sŵn grwndi bodlon yn dŵad o'r bwndel blewog. Eisteddais i fyny. Neidiodd y bwndel blewog i ffwrdd gyda rhyw sŵn bach blin!

"Dos o 'ma, Dwynwen!"

"O, ti 'di deffro!"

Ben! Deffrais **yn llwyr**.

"Ben, be ti'n….?"

"Roeddach chdi'n cysgu mor braf pan ddes i adra. Do'n i'm yn licio rhoi'r gola 'mlaen rhag ofn i mi dy ddeffro di," meddai, a'i lais yn swnio'n… wahanol. Yn drist.

"Wnes i'm… meddwl…"

"Ti 'di blino. Ma'r shiffts yna'n yr orsaf yn siŵr o fod yn tynnu rhywbeth allan ohonat ti," meddai Ben.

"Dwi'n iawn! Dwi'n grêt! Jest…"

Do'n i ddim eisiau i Ben ddechrau fy ngweld i mewn golau

---

diymadferth – *powerless*
holliach – *perfectly healthy*
yn llwyr – *completely*

rhy ddrwg, fel rhywun hen! Mi fasai hynny'n ei gwneud hi'n haws iddo fo drio **cyfiawnhau** be oedd o'n ei wneud, basai! Pwy fasai ddim eisiau dianc oddi wrth wraig ganol oed oedd newydd ymddeol ac yn wynebu bywyd gwag!

"Isio llonydd dwi, Ben! Iawn? Jest isio medru… medru gneud rhywbeth heb i rywun arall roi blincin barn am y peth o hyd!"

Ro'n i'n swnio'n **afresymol**, ond do'n i ddim yn medru dal yn ôl.

Eisteddodd y ddau ohonon ni yn y tywyllwch am ychydig, heb ddweud gair.

"Felly 'dos o' ma, Ben' hefyd, ia? Dim jest Dwynwen?" meddai Ben. "Dyna ti'n feddwl?"

"Ti isio mynd o 'ma?"

Teimlais fy nghalon yn curo. Dyna fo. Ro'n i wedi gofyn Y CWESTIWN PWYSIG. Ond do'n i ddim yn siŵr os o'n i'n barod am yr ateb, chwaith. Do'n i ddim yn siŵr o gwbwl.

"Ma… raid i mi fynd i ffwrdd beth bynnag…"

"I ffwrdd?"

Fel adlais.

"Efo… efo gwaith. Dros y penwythnos 'ma," meddai Ben mewn llais distaw.

"Reit."

Rhaid, 'ta eisiau, meddyliais.

"Efo dy waith?"

"Ia."

Eisteddodd y ddau ohonon ni mewn distawrwydd eto. Ceisiais

---

cyfiawnhau – *to justify*
afresymol – *unreasonable*

i chwilio am y geiriau iawn i'w dweud, ond methu wnes i. Pan dach chi'n briod â rhywun ers cymaint o amser, dach chi'n dŵad i'w nabod nhw bron cystal â dach chi'n eich nabod chi eich hun. Roedd o'n dweud celwydd.

"Dim ond dwy noson," meddai o eto, fel tasai hynny'n gwneud pob dim yn iawn, yn siort orau!

Ond doedd gen i ddim egni i ddadlau, i **gwffio**. Os oedd o eisiau mynd i dreulio penwythnos efo'r ddynes arall, pwy bynnag oedd hi, do'n i ddim yn mynd i ymladd i drio newid ei feddwl o.

"Gwell i ti fynd i bacio felly, tydy, Ben?"

Safodd Ben ar ei draed a throi golau'r lamp ymlaen. Edrychodd arna i, ac roedd o fel tasai o ar fin dweud rhywbeth arall pan stopiodd ei hun. Cerddodd allan o'r ystafell, gan fy ngadael i a'r gath yn syllu ar ein gilydd.

---

cwffio (gog) = ymladd (de) – *to fight*

24

Fe wawriodd diwrnod newydd arall o'r diwedd. Ro'n i wedi bod **yn effro** ers oriau, ac yn edrych ar y nos yn **ymgilio**'n araf ac yn gadael i'r golau dydd gymryd ei lle.

Roedd Ben yn effro ers oriau hefyd, dw i'n siŵr. Ond wnaeth o na fi ddim cydnabod hynny.

Mae'n amhosib gwybod sut ydach chi'n mynd i ymateb i rywbeth fel hyn. Taswn i'n ddynes betio, mi faswn i wedi betio y baswn i'n mynd **yn flin fel cacwn**, ac yn **methu rheoli fy nhymer** efo fo. Ond fel y digwyddodd pethau, dim ond gorwedd yn llonydd ac yn ddistaw fel dol bren wnes i, ac unrhyw **awydd** i ymladd drosto fo wedi mynd i rywle.

Gwrandawais i ar Ben yn codi ac yn cael cawod, ac yn symud o gwmpas y stafell yn rhoi pethau yn ei gês.

Aeth i lawr y grisiau, a gallwn i glywed sŵn tincial y llestri wrth iddo baratoi ei frecwast. Clywais sŵn ei draed ar y grisiau a drws y llofft yn agor eto. Roedd o'n sefyll yn edrych arna i yn y gwely.

"Ti'n barod i fynd?" gofynnais.

---

yn effro – *awake*
ymgilio – *to retreat*
yn flin fel cacwn – *extremely angry (lit. angry like a wasp)*
methu rheoli fy nhymer – *unable to control my temper*
awydd – *desire*

"Yndw!" meddai. "Ac ar ôl i mi ddŵad 'nôl..."

"Ia, ia." Torrais ar ei draws a throi fy nghefn ato fel fy mod i'n edrych ar y wal. Wnes i ddim symud modfedd tan i mi glywed y drws ffrynt yn agor ac yn cau... tan i mi glywed fy hen ffrind y distawrwydd yn **ailafael** yn y tŷ unwaith eto.

Mae'n rhaid 'mod i wedi syrthio yn ôl i gysgu, achos mi ges i fy neffro gan gloch y drws ffrynt yn canu eto ac eto. Llusgais i fy hun o ryw freuddwyd **gymysglyd**. Oedd Ben wedi anghofio rhywbeth? Wedi newid ei feddwl? Yn sefyll ar y stepan drws rŵan ac yn barod i **grefu am faddeuant**?

Ac yna deffrais yn iawn a sylweddoli bod hynny'n bathetig ac yn **annhebygol**. Pam fasai o'n canu cloch ei ddrws ei hun a goriadau ei hun ganddo fo? A pham fasai o'n mynd, ac yn newid ei feddwl yr un mor sydyn fel'na beth bynnag!

Canodd y gloch unwaith eto, a phenderfynais bod rhaid i mi ei ateb. Do'n i ddim yn disgwyl parsel na dim byd felly, meddyliais. A doedd y postmon ddim fel arfer yn canu'r gloch fel arall. Ond pwy bynnag oedd yno, yn amlwg doedden nhw ddim am adael llonydd i mi!

Agorais y drws a dyna lle roedd Seren yn sefyll yno, heb ei cholur du arferol, ac yn edrych yn hynod o ifanc oherwydd hynny. Roedd hi wedi dechrau **tywallt y glaw**, mae'n rhaid, a

---

ailafael – *to take hold of again*
cymysglyd – *muddled*
crefu am faddeuant – *to plead for forgiveness*
annhebygol – *unlikely*
tywallt y glaw (gog) = arllwys y glaw (de) – *to pour with rain*

doedd ganddi hi ddim côt, felly roedd Seren yn edrych yn reit druenus!

"Ga i air? A ga i ddŵad i mewn? Plis?" gofynnodd, ac agorais i'r drws led y pen iddi. Gwenodd arna i'n ddiolchgar.

Aeth y ddwy ohonon ni i'r gegin.

"Panad? Brecwast?" gofynnais, o weld Seren yn **llygadu** torth o fara roedd Ben wedi ei gadael ar y bwrdd. "Ti'm 'di cael brecwast, naddo?"

"Ddes i yma ar dipyn o frys!" cytunodd Seren. "Ond… rhaid i mi siarad gynta."

"O?"

"Am Thelma Morris."

Cyflymodd fy nghalon.

"Ydy hi'n iawn?"

"Yndy… wel, dydy hi'm yn sâl na dim byd felly, 'de, ond… Dwi'n poeni amdani braidd!"

"Pam?"

Rhoddais i'r tegell ymlaen a tharo dwy **dafell** o fara yn y tostar. Roedd sgwrs wastad yn well dros banad gynnes a thafell o dost poeth, meddyliais, beth bynnag ydy'r achlysur.

---

llygadu – *to eye up*

tafell (gog) = sleisen (de) – *slice*

25

"Pam wyt ti'n poeni am Thelma Morris, felly, Seren?" gofynnais eto.

"Wel, dwi'n poeni ei bod hi'n dechra drysu!"

"Drysu?"

"Mi ffoniodd hi fi neithiwr, tua deg. Deud ei bod hi'n meddwl bod 'na rywun yn yr ardd."

"Rhywun yn yr ardd?"

"Sori, Lena, dach chi'n meindio peidio ag ailadrodd pob gair dwi'n ddeud!" meddai Seren a golwg boenus arni. Ond gwenu wnes i.

"Sori! Dwi'n meddwl mai parot o'n i mewn bywyd arall!" dywedais dan wenu.

Chwarddodd Seren. Roedd hi mor braf clywed chwerthin ifanc yn y tŷ unwaith eto.

"Doniol dach chi!" meddai, gan estyn am y banad ro'n i wedi ei gosod o'i blaen hi ar y bwrdd. "Ond o ddifri rŵan, dwi'n poeni amdani!"

Roedd Thelma Morris yn swnio braidd yn bryderus ddoe, cofiais. Roedd hi wedi dweud wrtha i am fod yn ofalus wrth fynd â Mr Huws am dro, ac roedd hi yno yn disgwyl amdanon ni yn y ffenest wrth i ni ddŵad yn ôl.

"Mae hi'n hen. Ma'r byd yn lle brawychus, **bygythiol** pan

---

bygythiol – *threatening*

ti'n hen ac yn byw ar dy ben dy hun, dwi'n siŵr, sti."

"Yndy, ella, ond ma hyn yn wahanol, Lena," mynnodd Seren, ac estyn am dafell o dost. "Mae hi wedi dechra deud petha eraill hefyd."

"Do?"

"Dim dyma'r tro cynta iddi hi ffonio fi gyda'r nos fel hyn. Mae hi wedi gneud ddwywaith o'r blaen. Wthnos diwetha. Yn deud bod 'na rywun yn edrych ar y tŷ o ochr arall y stryd. Rhywun yn sefyll yno mewn het a chôt hir, jest yn syllu ar y tŷ, meddai. Mi fasai hynna'n ddigon i godi ofn ar unrhyw un, on' basai?"

Cytunais y basai hynny'n beth annifyr iawn. Ac fel ro'n i'n siarad ro'n i'n ymwybodol o ryw hen deimlad oer, annifyr yn dechrau cerdded drwydda i. Rhyw gysylltiad oedd yn dechrau ffurfio rhwng fy mhrofiad i a'r hyn yr oedd Thelma wedi ei brofi. Y dyn yn yr het.

"Ydy hi?"

Roedd Seren yn syllu arna i rŵan, yn amlwg yn disgwyl ateb i'w chwestiwn.

"Sori... y... ydy hi be?" gofynnais, a chymryd llwnc arall o'r coffi er mwyn ceisio ymddangos yn ddidaro.

"Ydy hi wedi sôn rhywbeth wrthach chi? Am ddyn yn yr ardd neu am ddyn yn syllu ar y tŷ o ochr arall y stryd?"

Ysgydwais fy mhen.

"Naddo, Seren. Tydy hi erioed wedi sôn am y petha hynny wrtha i," meddwn. Ac roedd hynny'n berffaith wir.

"Ond...?" gofynnodd Seren, yn edrych yn ofalus arna i.

"Ond mi wnes i sylwi ei bod hi'n fwy... yn fwy nerfus nag arfer. Y diwrnod o'r blaen, pan es i â Mr Huws am dro."

"Sut oedd hi'n fwy nerfus?" holodd Seren, ac roedd yn rhaid i mi ddweud yr hanes amdani hi'n dweud wrtha i am fod yn ofalus, a'r ffaith ei bod ar bigau'r drain tan i mi a Mr Huws ddŵad yn ôl adra'n saff.

Wedi clywed hyn, eisteddodd Seren yn ôl, a golwg feddylgar arni.

"Ydy hi'n rhyfedd yma?" gofynnodd, ac edrych o gwmpas y gegin. "Heb eich mab? Tra mae o i ffwrdd yn y coleg?"

"Dwi'n dechra dŵad i arfer!" meddwn, a cheisio gweld lle roedd **trywydd y sgwrs** yn arwain.

"Ma'r lle yn edrych yn wahanol, ydy o? Yn teimlo'n wahanol? Rŵan bod o ddim o gwmpas?"

"Wel... yndy, ma'n siŵr... Ond ma rhaid i mi ddechra arfer, toes? Fel hyn fydd hi o hyn ymlaen. Dim ond fi..."

"A'ch gŵr..." meddai Seren, ac edrych arna i eto. Roedd hi'n edrych mor ifanc, ac eto roedd yna rywbeth aeddfed iawn yn y ffordd yr oedd hi'n siarad, fel tasai 'na berson profiadol iawn yn cuddio tu mewn iddi.

"Dach chi'n meddwl mai drysu mae hi?" meddai wedyn. "Thelma Morris, dwi'n feddwl. Dach chi'n meddwl bod y ffaith ei bod hi'n byw ar ei phen ei hun wedi gwneud iddi ddechra colli'r plot, 'lly?"

"Ma'n siŵr... Ma'n bosib, tydy?" atebais. Ac eto, doedd 'na ddim byd arall yn ymddygiad Thelma Morris oedd yn awgrymu ei bod hi'n dechrau **colli arni**. A dweud y gwir, roedd hi'n arbennig o gall a rhesymol am ei hoed.

---

trywydd y sgwrs – *direction of the conversation*
colli arni – *losing it*

"Ond tydy hynny ddim yn ffitio chwaith, nacdi Lena?" Roedd Seren fel tasai hi'n darllen fy meddyliau! "Mae hi i'w gweld yn hollol iawn, yn hollol **o gwmpas ei phethau** fel arall. Mi fasai hi siŵr o fod yn deud petha eraill od tasai o'n fater o ddechra drysu yn gyffredinol…"

Ro'n i'n cytuno.

"… Sy'n arwain rhywun i feddwl ella'i fod o'n wir. Mae 'na rywun yn **sbio** ar y tŷ, yn sbecian arni hi, yn cadw golwg… Ych a fi!"

Ysgydwodd Seren ei hysgwyddau fel tasai rhyw oerfel wedi gafael ynddi hi.

"*Creepy*, 'ta be!"

"Ond dwi'm yn meddwl dylen ni ruthro i feddwl hynny'n syth, chwaith, Seren." Roedd yn rhaid i mi drio rheoli'r sefyllfa, fel yr oedolyn cyfrifol yn y stafell i fod!

"Ma'n bosib bod llygaid Thelma'n dechra mynd yn waeth, a'u bod nhw'n dechra chwara tricia arni hi, yn gweld person mewn cysgodion, yn dychmygu petha."

"Mmm… ma hynny'n wir…" meddai Seren eto. "Ond dwi yn meddwl y dylen ni ei chymryd hi o ddifri. Sgynni hi neb arall ond ni i droi ato, nag oes?" Yna ychwanegodd, "Dach chi'n brysur heddiw?"

Meddyliais am yr oriau gwag o fy mlaen i, yn hel meddyliau am Ben a'r hyn roedd o'n ei wneud ar ei benwythnos i ffwrdd efo'i 'waith'.

---

o gwmpas ei phethau – *to have her wits about her (lit. to be about her things)*
sbio – *to look, to spy*

"Ella bod gen i ryw awr neu ddwy yn sbâr…" meddwn. "A dwi'n mynd â Mr Huws am dro rhyw ben heddiw i fod."

"Awn ni draw? Efo'n gilydd? Trio peidio gneud iddo fo swnio fel ein bod ni'n poeni, jest bod y ddwy ohonon ni wedi digwydd **taro ar ein gilydd** a phenderfynu mynd i ddeud 'helô' wrthi."

"Syniad da."

Mi fasai Thelma Morris yn siŵr o amau'r esgus yna, meddyliais wrtha i fy hun. Ac eto doedd hynny ddim yn beth drwg, ella.

"Ond ma raid i mi fynd adra gynta. I wisgo," meddai Seren a llowcio gweddill ei choffi.

"Ond ti wedi gwisgo'n barod!"

Edrychais ar y crys tsiec a'r jîns oedd amdani. Iwnifform person ifanc!

"Be, rhein?" atebodd yn **ddilornus**. "Faswn i'm yn licio cael 'y ngweld go iawn yn rhein, siŵr iawn! A dwi'm 'di gwisgo 'ngholur Goth eto! Faswn i'n teimlo'n hollol **noeth**! A ddim fel fi o gwbwl!" meddai, heb arwydd o wên ar ei hwyneb!

"Ydy awr yn ddigon o amser i chdi?" gofynnais.

"Dach chi'n briliant, Lena! Wela i chi tu allan i dŷ Mrs Morris mewn awr, 'ta!"

Gadawodd Seren y gegin, gan fachu darn arall o dost oddi ar y plât cyn diflannu.

Syllais i ar Dwynwen y gath oedd yn edrych i lawr ei thrwyn

---

taro ar (ein gilydd) – *to bump into (each other)*
dilornus – *scathing*
noeth – *naked*

arna i o'i sêt gyfforddus ger y **rheiddiadur**.
"Be?!" gofynnais iddi yn **amddiffynnol**.

rheiddiadur – *radiator*
amddiffynnol – *defensive*

26

Ro'n i wedi bod yn y swydd anghywir ar hyd fy mywyd. Actores ddylwn i fod wedi bod, nid rhywun oedd yn gweithio mewn ffatri gemegol. Ac ro'n i hefyd yn meddwl bod gan Seren ddyfodol mawr yn y byd actio.

Fe wnaethon ni'n dwy chwarae ein rhan yn berffaith ar stepen drws Thelma.

"Dyna ryfedd! Digwydd taro ar Seren wnes i, 'te, Seren, a finna ar fy ffordd yma…"

"Y… ia," cytunodd Seren. "A dwi'm 'di bod yn y rhan yna o'r dre ers oesoedd! Rhyfadd 'te! Cyd-ddigwyddiad go iawn!"

"Cyd-ddigwyddiad, ia wir!" meddai Thelma, ac os oedd hi'n amau rhywbeth wnaeth hi ddim dangos hynny o gwbwl. Agorodd y drws led y pen a'n brysio ni i mewn i'r tŷ, ond dim cyn edrych i fyny ac i lawr y stryd a chau'r drws yn glep ar ein holau, sylwais.

"Wel, wel, dyma be ydy syrpréis neis!" meddai Thelma. "Biti na faswn i wedi gwneud **teisen**. Mi fasai cacen fach yn neis iawn efo dwy o'n ffrindiau gorau, o'n basai!"

"Wel, dyna i chi gyd-ddigwyddiad arall!" meddwn, a difaru yn syth 'mod i wedi dweud yr un geiriau â Seren. Roedd ailadrodd yr un sgript yn siŵr o fod yn beth gwirion i'w wneud!

Es i fy mag ac estyn teisen lemon mewn paced. Ro'n i wedi

---

teisen = cacen – *cake*

stopio yn y siop ar y gornel yn ymyl tŷ Thelma ac wedi ei phrynu yn **bwrpasol** er mwyn i'r tair ohonon ni gael panad a sgwrs go iawn.

"Bobol bach, i mi ma honna?" gofynnodd Thelma. "Ddylech chi ddim, dylech chi fynd â hi adra i'r teulu, wir!" meddai wedyn, ond sylwais ei bod hi'n mynd i gyfeiriad y cwpwrdd er mwyn estyn tri phlât a chyllell.

"Mi wnes i ei phrynu hi mewn camgymeriad, deud y gwir. Does 'na neb ond y fi adra dros y penwythnos, Thelma," meddwn, heb orfod actio o gwbwl y tro yma, wrth gwrs.

"O? Sut felly?"

"Wel, ma Caio'r mab yn y coleg, tydy, a wedyn ma Ben… 'y ngŵr i… Mae o i ffwrdd. Efo'i waith."

"W, lyfli! Dwi wrth 'y modd efo teisan lemon!" meddai Seren, a dechrau torri tair tafell o'r deisen i ni. "Gewch chi wneud camgymeriad fel hyn eto, Lena!"

Atebais i moni hi, dim ond gwenu ar Thelma.

"Ma raid bod gan Ben waith pwysig iawn i'w dynnu oddi wrth benwythos efo'i deulu," meddai Thelma, dim byd ond **cydymdeimlad** yn ei llais. "Ma teulu yn rhywbeth gwerthfawr iawn, iawn, y trysor mwya yn y byd. Cofiwch chi hynna, genod. Y trysor mwya."

Aeth y tair ohonon ni'n ddistaw am eiliad, yna dechreuodd Seren chwarae rôl y **weinyddes** glên a rhannu'r platiad o deisen rhwng pawb.

pwrpasol – *deliberate*
cydymdeimlad – *sympathy*
gweinydd, gweinyddes – *waiter, waitress*

"Dach chi'n medru bod yn unig weithia, ma'n siŵr, yndach, Mrs Morris?" gofynnodd wrth wneud.

"Fi? Unig? Yndw wir, cyw. Ma'r diwrnod yn medru bod reit hir a finna ar fy mhen fy hun. Er bod gin i Mr Huws yn gwmni, wrth gwrs."

Wrth glywed ei enw, daeth Mr Huws o'i fasged wrth y drws cefn yn y gegin a rhoi ei ben mawr smart i orwedd ar lin Thelma.

"Ond tydy o'm yr un fath, nacdi?" meddai gan **fwytho** clustiau melfed yr hen gi. "Roedd Ralph a finna'n briod am hanner can mlynedd. Yn ffrindia mawr. Fedrwch chi byth ddod dros rywbeth felly…"

"Oedd gynnoch chi 'rioed awydd cael plant, Thelma?" gofynnais, mor sensitif ag y medrwn i.

Eisteddodd Thelma yn fwy stiff yn ei sêt wrth glywed y geiriau.

"Doedd hynny ddim i fod i ni," meddai. "Yn anffodus."

Doedd dim rhaid iddi hi ddweud mwy. Dim pawb sy'n ddigon ffodus i fedru cael plant. Roedd gen i rywfaint o syniad beth oedd methu, gan ein bod ni wedi trio cael brawd neu chwaer fach i Caio ers talwm, ond heb lwc.

"Mi wnaeth Nain farw cyn Taid gynnon ni…" meddai Seren annwyl, a briwsion melyn y gacen o gwmpas ei cheg finlliw ddu. "A mi aeth Taid reit ryfedd am 'chydig wedyn, dwi'n cofio. Meddwl bod o'n… clywed sŵn… gweld petha."

"Sut fath o betha?" gofynnais i, yn bwydo'r llinell nesa i Seren er mwyn iddi hi gael siarad am y ffigwr yr oedd Thelma Morris wedi ei weld.

---

mwytho – *to caress*

"Wel… meddwl bod yna bobol yn siarad yn y stafell nesa, yn un peth," meddai Seren. "Meddwl fod o'n clywed rhyw radio ymlaen fyny grisia. A gweld pobol yn sefyll yn yr ardd…"

Yn sydyn, safodd Thelma ar ei thraed ac edrych ar y ddwy ohonon ni.

"Dwi'n dallt be ydy hyn," meddai. "Dach chi'ch dwy'n meddwl 'mod i'n drysu, tydach? Yn gweld petha sydd ddim yno?"

"Mrs Morris…" dechreuodd Seren brotestio, ond **chwifiodd** Thelma ei llaw yn ddiamynedd.

"Dwi'n gwbod be welais i, a dwi'n bendant 'mod i wedi gweld rhywun yn edrych ar y tŷ o ochr arall y stryd ac wedyn o'r ardd. Dwi'n hollol sicr!"

"Thelma, dan ni ddim yn…" dechreuais innau.

"Tydy'r ffaith 'mod i'n hen ac yn byw ar fy mhen fy hun ddim yn golygu 'mod i'n wirion! Dwi'n gwybod be welais i!" meddai eto. "Rŵan, dach chi'n fy nghredu i neu beidio?"

Edrychodd Thelma Morris arnon ni, o un i'r llall. Roedd pob man yn ddistaw fel y bedd.

Yna'n sydyn cyfarthodd Mr Huws a rhuthro o'r gegin tuag at y drws ffrynt. Roedd o wedi cyffroi'n lân, yn neidio i fyny a'i gynffon yn ysgwyd.

"Seren, fasat ti'n meindio…?" dechreuodd Thelma, a neidiodd Seren er mwyn agor y drws.

Ymhen eiliadau, mi glywson ni sŵn y drws yn cau ac roedd hi'n ôl yn y gegin, yn edrych yn wyn.

"Seren? Be sy?" gofynnais.

Edrychodd Seren ar Thelma ac yna arna i cyn ateb.

chwifio – *to wave*

"Roedd 'na ddyn tal efo het. Yn sefyll ar y palmant tu allan i'r giât. Ond y munud welodd o fi, mi drodd ar ei sawdl a dechrau cerdded i ffwrdd i lawr y stryd!"

27

Panad **yn ddiweddarach**, daeth yn amser i Seren a minnau ffarwelio â Thelma. Do'n i ddim yn teimlo'n rhy hapus yn ei gadael hi ar ei phen ei hun yn y tŷ, ar ôl be oedd wedi digwydd. Ond doedd Thelma ddim eisiau i ni aros, a gwrthododd gynnig i ddŵad draw i'n tŷ ni.

Dywedais i wrthi y baswn i'n dŵad yn ôl yn nes ymlaen i fynd â Mr Huws am dro, ac mi fasai hynny'n esgus i mi weld sut oedd hi beth bynnag.

"Wel?" gofynnodd Seren wrth i'r ddwy ohonon ni ddechrau cerdded i lawr y stryd.

Penderfynais fod yr amser wedi dŵad i ddweud wrth Seren am y digwyddiad pan redodd Mr Huws at y dyn efo'r het yn y dre, ac wedyn am y ffaith 'mod i wedi gweld y dyn yn y dafarn, yn syllu arna i.

"A dach chi'n siŵr mai'r un boi oedd o? Dim jest dyn arall efo het debyg?"

Meddyliais i am y croen llyfn a'r awgrym lleia o farf, y llygaid oedd yn syllu...

"Dwi'n sicr mai'r un dyn ydy o!" dywedais. "Ond be wnawn ni rŵan?"

"Ffonio'r heddlu!" meddai Seren ar unwaith.

yn ddiweddarach – *later*

"A deud be? Bod yna ddyn yn cerdded ar hyd y stryd tu allan ac yn mynd i mewn i dafarn? Ydy hynny'n **erbyn y gyfraith**?"

"Ond mae o wedi bod yng ngardd Mrs Morris hefyd!" meddai Seren. "**Tresmasu** ydy hynny!"

"Ia…" cytunais. "Ond sgynnon ni ddim… prawf o hynny, nag oes? Dim ond gair Thelma Morris. Dwn i'm be fasai'r heddlu yn medru wneud ar hyn o bryd."

"A mi ganodd y gloch a cherdded i ffwrdd! Os dydy hynna ddim yn od, dwn i'm be sy!" atebodd Seren.

Roedd yn rhaid i mi gyfaddef bod ganddi hi bwynt da. Ro'n i'n teimlo'n **anghyfforddus** am yr holl beth, a dweud y gwir.

"Rhaid i ni gadw llygad arni, dyna i gyd allwn ni neud, Seren. Dan ni'n gwbod am y peth rŵan, a mi wnawn ni **gadw llygad barcud arni**."

Doedd Seren ddim yn edrych yn rhy hapus. Ro'n i'n nabod yr wyneb hwnnw yn iawn, yr un wyneb oedd gan Caio pan doedd o ddim yn cael ei ffordd ei hun.

Ac yna cofiais am Caio, a Ben a'r holl stŵr i gyd. Am unwaith, ro'n i wedi llwyddo i anghofio hynny i gyd ers i Seren alw'r bora 'ma ac ers i ni fynd draw i weld Thelma Morris.

Ar ôl i ni ffarwelio â'n gilydd wrth y groesffordd, lle ro'n i'n troi i'r chwith am adra, penderfynais 'mod i eisiau trio ffonio Caio eto. Roedd yn rhaid i ni gael cyfle am sgwrs iawn am y peth,

---

yn erbyn y gyfraith – *against the law*

tresmasu – *to trespass*

anghyfforddus – *uncomfortable*

cadw llygad barcud (arni) – *to watch (her) like a hawk (lit. to watch (her) like a kite or buzzard)*

fel 'mod i'n gwybod yn union be oedd Ben wedi'i ddweud wrtho am y ddynes arall.

Es i lawr y ffordd ryw ychydig, tan i mi gyrraedd parc chwarae bychan. Doedd yna ddim llawer o bobol o gwmpas gan fod y tywydd yn dechrau oeri, felly roedd o'n lle perffaith i fedru siarad yn iawn efo Caio. Doedd gen i ddim awydd mynd yn ôl i'r tŷ yn syth.

Ar ôl gwneud yn siŵr bod y signal yn ddigon cryf, dechreuais i ddeialu ei rif. Roedd fy mysedd yn crynu wrth wneud. Er 'mod i eisiau gwybod be oedd gan Caio i'w ddweud, do'n i ddim yn siŵr 'mod i'n barod am y gwir, chwaith.

Doedd dim rhaid i mi boeni. Aeth fy ngalwad yn syth i system neges ffôn Caio. Roedd hi'n braf cael clywed ei lais hwyliog yn gofyn i'r galwr adael neges a rhif ffôn, ac roedd rhan ohona i yn falch doedd o ddim wedi ateb. Ac eto, fe fyddai'n rhaid i mi ei holi o **yn hwyr neu'n hwyrach**.

Rhoddais y ffôn yn fy mhoced ac eisteddais yn ôl ar y fainc ac edrych ar y **siglen** lonydd, y **llithren** wag. Doedd yna ddim byd tristach na pharc chwarae heb blant ynddo fo, meddyliais.

Cyn i mi fedru dechrau hel meddyliau eto, blipiodd y ffôn yn fy mhoced gan wneud i mi neidio. Mae'n rhaid bod Caio wedi gweld i mi drio ffonio, meddyliais. Ond neges gan Meic oedd hi, nid Caio.

```
Ti'n brysur heno? Gin i syniad!
```

yn hwyr neu'n hwyrach – *sooner or later*
siglen – *a swing*
llithren – *a slide*

28

"Dach chi'n siŵr bod hyn yn syniad da?" gofynnodd Seren unwaith eto o'r sêt gefn wrth i gar Meic droi i mewn i'r maes parcio tu allan i'r neuadd bentref. "Dwi ddim yn licio canu gwlad, a dwi'n bendant ddim yn licio dawnsio llinell!"

"Ti 'di trio?" gofynnodd Meic, ac edrych arni yn y drych. **Tynnu stumiau** yn unig wnaeth Seren, gan wneud i ni i gyd chwerthin.

Daeth pawb allan o'r car. Roedd pawb ond Seren wedi gwneud **ymdrech** â'u gwisg. Goth o'r Gorllewin Gwyllt oedd Seren, a dyna ben arni!

"Ac ers pa bryd wyt ti'n **giamstar** ar ddawnsio llinell, felly, Meic?" gofynnais wrth i ni ddechrau cerdded at y ganolfan.

"Ers i mi benderfynu bod angen codi dy galon di!" meddai, gyda winc. Ffrind da oedd Meic.

Ar ôl i ni barcio, gwelais Mags yn cerdded tuag aton ni a gwên anferth ar ei hwyneb.

"Do'n i'm yn meddwl 'swn i'n dy weld di'n ôl yma eto!" meddai hi wrtha i yn bryfoclyd. "Heb sôn am y ffaith dy fod wedi recriwtio mwy aton ni!"

---

tynnu stumiau – *to pull faces*
ymdrech – *effort*
giamstar (gog) = gamster (de) – *expert*

Edrychodd i gyfeiriad Meic yn arbennig, a **gwneud llygaid llo bach** arno, yn y ffordd ro'n i wedi ei gweld yn ei wneud gwpwl o weithiau o'r blaen os oedd yna rywun wedi cymryd ei ffansi.

Cochi at ei glustiau wnaeth Meic druan!

"Dan ni'n mynd i mewn, 'ta be?" gofynnodd Seren yn ddiamynedd, gan edrych o'i chwmpas, yn amlwg yn poeni bod un o'i ffrindiau hi yn mynd i'w gweld hi yng nghwmni creaduriaid oedd yn perthyn mor bell o'r teulu Goth!

Nid Seren oedd yr unig un oedd yn teimlo braidd yn lletchwith ar ôl i ni gerdded i mewn i'r neuadd. Roedd y lle, fel o'r blaen, fel golygfa o ffilm gowboi. Ar y ffordd i mewn roedd dyn tal efo sbectol, Mohican mawr coch a gwisg un o'r Indiaid Cochion wedi pasio heibio i fynd i'r tŷ bach. Edrychais ar Meic. Roedd ei lygaid fel soseri (er ei fod o'n trio peidio â dangos hynny).

"Reit, bar, ia?" meddai, a'i lais yn swnio'n wahanol. "Jest bechod 'mod i'n dreifio!"

"Syniad da!" meddai Mags. "A bryna i'r rownd yma i bawb am mai hwn ydy'ch tro cynta chi!"

"A'r tro diwetha!" mwmiodd Seren dan ei gwynt, a gwneud llygaid arna i.

Ar ôl i bawb ddweud pa ddiod fyddai'n trio gwella'r noson, aeth Mags i ffwrdd efo Meic i gyfeiriad y bar, gan esgus ei bod hi angen rhywun i'w helpu hi i gario'r diodydd.

"Tydy hi erioed wedi clywed am **hambwrdd**?" meddai Seren **yn bwdlyd**, ac edrych yn nerfus o'i chwmpas ar bawb arall.

---

gwneud llygaid llo bach – *to look flirtatiously (lit. to make eyes like a calf)*
hambwrdd – *tray*
pwdlyd – *sulky*

"Gad iddi hi! Dim ond isio dipyn o hwyl ma hi!" meddwn innau'n ôl. "A ma'n hen bryd i Meic gael partner newydd yn ei fywyd. Ti byth rhy hen i syrthio mewn cariad, sti, Seren!"

"O, pliiiis!" atebodd Seren, gan **orliwio** er mwyn gwneud i mi chwerthin.

"A ma Mags yn hogan iawn. Wedi cael ysgariad ers rhyw bum mlynedd ond yn **ifanc ei hysbryd**."

"Os mai dyna dach chi'n ei alw fo!" meddai Seren dan wenu. "Beth bynnag, o'n i'n meddwl ella fasach chi a Meic…"

"Fi a Meic? Fi a Meic be?"

"Wel, w'chi, yn gneud cwpwl bach…"

"Ond dwi 'di priodi!"

"Do. Dwi'n gwbod. Bechod," meddai wedyn. Roedd bywyd yn ddu a gwyn i Goth ifanc fel Seren, meddyliais, a hithau heb gael ei siomi gan **gymhlethdodau** bywyd oedolyn!

Dechreuais i feddwl am Ben a'r penwythnos 'gwaith' yr oedd o'n ei gael ar hyn o bryd.

Y funud honno, daeth llais uchel yr arweinydd dros y meicroffon, yn **gwahodd** pobol hen a newydd i fynd i'r llawr dawnsio er mwyn cymryd rhan yn y ddawns gynta.

"Ty'd, Seren! Gawn ni hwyl!"

A chyn iddi hi gael cyfle i ddweud 'na', tynnais hi i ganol y llawr dawnsio at y cowbois a'r *cowgirls* eraill i gyd. Roedd ei hwyneb hi'n bictiwr!

---

gorliwio – *to exaggerate*
ifanc ei (h)ysbryd – *young at heart (lit. young in spirit)*
cymhlethdod(au) – *complication(s)*
gwahodd – *to invite*

Dri chwarter awr yn ddiweddarach, roedd Seren a finnau yn **chwys domen**, ond yn chwerthin yn braf. Er bod Seren yn reit **sigledig** ar y dechrau, fel ro'n i y tro cynta, roedd hi wedi dechrau cael hwyl arni ar ganol y ddawns, ac yn medru dilyn cyfarwyddiadau Ruby yr arweinydd yn llawer gwell na fi.

"Ti'n cael hwyl, felly, Seren?" gofynnais iddi, a diflannodd y wên.

"Ma'n iawn, 'de! Rhaid i chi rili canolbwyntio, 'does?" meddai. Doedd hi'n amlwg ddim eisiau dangos ei bod hi'n rhy awyddus nac yn cael gormod o hwyl!

"Lle ma Meic, beth bynnag?" holais i. "Tydy o ddim wedi mynd i'r bar, gobeithio! Fi pia'r rownd yma!"

Ac ar y gair, daeth Meic a Mags i'n cyfeiriad ni, yn cerdded yn eitha agos at ei gilydd. Doedd Meic ddim yn edrych yn rhy anhapus am y peth, chwaith!

"Dwi wedi bod yn deud wrth Meic y dyla' fo drio cael mwy o ganu gwlad ar Radio'r Dref Wen," meddai Mags. "Mae'r byd yma'n boblogaidd iawn, a 'chydig iawn ohono fo ti'n glywed ar y radio!" Roedd Mags wrth ei bodd pan oedd ganddi **ryw chwilen yn ei phen**.

"Dwi'n hapus i'w drio fo," atebodd Meic. "Ydy hynna'n iawn efo chdi, Lena?" gofynnodd.

"Chdi 'di capten y llong!" atebais, dan wenu.

"A chditha 'di'r *first mate*!" meddai **yntau** yn ôl, ac roedd y

---

chwys domen – *very sweaty (lit. a sweaty heap)*
sigledig – *shaky*
rhyw chwilen yn ei phen – *a bee in her bonnet*
yntau – *he (him, it) too*

ddau ohonon ni'n gwybod ei fod o'n siarad am fwy na'r orsaf radio yn unig.

"Rhaid i mi gael diod, 'de, ma 'ngheg i'n **sych fel cesail camel**!" meddai Seren, ac roedd y geiriau'n swnio'n od yn dod o'i gwefusau du!

"A finna!" meddwn i, a dechrau cerdded i ffwrdd am y bar efo Seren. Ond cyn i mi fynd yn bell, cydiodd Mags yn fy mraich.

"O, ia. Roedd 'na rywun yn chwilio amdana chdi 'fyd, Lena. Rhyw ugain munud yn ôl."

"Pwy?"

"Wnes i'm gofyn ei enw fo, naddo. Rhyw foi oedd o. Pwyntio atat ti wnaeth o a gofyn be oedd dy enw di. Wnes i'm deud wrtho fo, yn amlwg, rhag ofn, ond roedd o'n amlwg isio gwbod mwy amdana chdi!"

Ac i ffwrdd â hi yn ôl at Meic ar y llawr dawnsio.

Edrychais o 'nghwmpas i weld a oedd rhywun yn edrych arna i, ond roedd llygaid pawb yn edrych i gyfeiriad y llawr dawnsio.

Es i ymuno â Seren yn y bar.

---

sych fel cesail camel – *as dry as a camel's armpit*

29

Ro'n i wedi anghofio pob dim ddywedodd Mags wrtha i erbyn i mi fynd allan o'r neuadd am ychydig o awyr iach ryw awr yn ddiweddarach. Heblaw am saib **bob hyn a hyn** i gael diod neu fynd i'r tŷ bach, roedden ni wedi bod yn dawnsio yn ddi-stop, ac roedd o wedi bod yn grêt. Sylweddolais i fod dawnsio llinell (fel unrhyw beth arall!) yn llawer mwy o hwyl os oeddech chi'n ei wneud o efo ffrindiau da.

Efo 'mhen i'n llawn o ganeuon gwlad a symudiadau dawns, wnes i mo'i nabod o'n syth. Wnes i ddim cymryd llawer o sylw pan gerddodd o ata i wrth i mi bwyso fy mhen yn ôl yn erbyn y wal tu allan a cheisio cael awyr iach.

"Helô?"

"Helô, s'mae?" meddwn yn ôl, yn ddigon cwrtais.

Ac yna gwelais yr het yn ei law. Rhewais.

Roedd o'n edrych yn wahanol heb yr het ar ei ben. Yn fengach. Yn llai o ddyn y cysgodion. Yn ddyn o gig a gwaed. Ac roedd o'n syllu arna i a newydd ddweud 'helô'!

"Helô?" meddai eto. "Sori… gobeithio bo chi ddim yn meindio 'mod i'n…"

Syllais i arno fel ffŵl. Roedd o'n siarad Cymraeg. Ac yn siarad mor normal. Fel tasai o'n dod draw a dweud 'helô' wrth ferched canol oed bob dydd o'r wythnos.

bob hyn a hyn – *every now and then*

"P… pwy dach chi…?" sibrydais, ac ro'n i'n synnu i glywed fy llais yn crynu cymaint.

Doedd o ddim fel tasai o wedi fy nghlywed i. Wnaeth o ddim trio ateb fy nghwestiwn, beth bynnag. Dim ond dal i siarad.

"… Ond y peth ydy… dwi ddim yn siŵr sut i…"

Yna stopiodd siarad ac edrych arna i. Roedd ganddo lygaid **gwyrddlas** fel lliw y môr ar ddiwrnod stormus.

"Ydach chi'n nabod Thelma Morris?" meddai o'r diwedd, a'r cwestiwn yn amlwg ar flaen ei dafod, yn barod.

"Thelma…? Sut dach chi'n nabod… pam dach chi isio…?"

"Ma'n ddrwg gin i. Tydy hyn i gyd ddim yn swnio'n dda iawn, nacdi? Dyn yn dŵad i fyny atoch chi ac yn holi am hen wraig…"

"Chi! Chi ydy o, 'te?"

O'r diwedd, ro'n i wedi darganfod fy llais. Edrychodd y dyn yn ddryslyd.

"Sori, dwi'm yn dallt…"

"Chi sydd 'di bod yn fy nilyn i! Yn syllu arna i yn y dafarn! Chi sydd 'di bod yn **stelcian** tu allan i dŷ Thelma! Yn sefyll yn ei gardd hi! Yn codi ofn arni hi!"

"Codi ofn?" Roedd hyn fel tasai wedi ei synnu go iawn. "Sefyll yn 'i gardd hi! Wnes i 'rioed…"

"Be dach chi isio efo hi? Be dach chi isio efo fi?"

Ro'n i wedi dechrau gweiddi rŵan, ac edrychodd ambell i gowboi yn od wrth ein pasio ni, edrych yn od ar y ddau ohonon

---

gwyrddlas – *sea–green, bluish–green*
stelcian – *to stalk*

ni yn sefyll tu allan i'r neuadd ac yn amlwg yn **ffraeo**.

Yna daeth un dyn draw aton ni. Roedd o'n ddyn tal, sgwâr ac o'r ffordd roedd o'n siarad, roedd yn amlwg ei fod yn foi oedd yn gyfforddus iawn â'i awdurdod.

"Ydy pob dim yn iawn, Miss?" gofynnodd. "Ydy'r dyn yma yn niwsans…?"

Cyn i mi gael cyfle i ateb, edrychodd y dyn ifanc arna i a golwg siomedig ar ei wyneb.

"Ma pob dim yn iawn. Dwi'n mynd beth bynnag," meddai, a throi ar ei sawdl am y stryd.

Wrth ei wylio'n mynd mi ges i'r teimlad rhyfedda 'mod i wedi gwneud camgymeriad mawr yn peidio â gadael iddo ddweud ei neges, a 'mod i ella wedi gwneud bywyd Thelma Morris yn anoddach byth.

ffraeo – *to quarrel*

30

Daeth y noson i ben tua deg o'r gloch, a dechreuodd pawb adael y neuadd. Roedd Meic wedi mwynhau ei hun, ac roedd hyd yn oed Seren wedi cael hwyl (er, fasai hi byth yn cyfaddef hynny)! Rhoddodd Mags sws bach i Meic ar ei foch wrth ffarwelio, ac mi gochodd hwnnw at ei glustiau unwaith eto, fel hogyn pymtheg oed.

Ar y ffordd yn ôl yn y car, cawson ni sbort yn canu rhai o'r caneuon roedden ni wedi dawnsio iddyn nhw yn ystod y nos, a'r rheiny'n **amrywio** o ganeuon bywiog fel 'Ring of Fire' Johnny Cash i ganeuon trist fel 'Gafael yn fy Llaw' John ac Alun.

Ond do'n i'n dal ddim yn medru anghofio'r cyfarfod â'r dyn yn yr het y tu allan ryw awr neu ddwy yn ôl, ac ro'n i'n methu'n glir ag anghofio ei wyneb siomedig wrth adael. Fel tasai o wedi dŵad yma i ofyn rhywbeth a'i fod o ddim wedi medru gwneud… oherwydd fy ymateb i.

Penderfynais beidio â dweud wrth Seren be oedd wedi digwydd, gan ei bod yn braf ei gweld hi mewn hwyliau da. A beth bynnag, roedd hi'n poeni digon am Thelma fel roedd hi, do'n i ddim eisiau poeni mwy arni hi.

Roedd y tŷ yn dawel, dawel wrth i mi wthio'r goriad i'r clo ac agor

---

amrywio – *to vary*

y drws. Sefais i yno am ychydig a chau fy llygaid. Roedd rhythm y caneuon gwlad yn dal i **atseinio**'n ddistaw yng nghorneli fy meddwl.

Daeth Dwynwen ata i a chyrlio ei chynffon o amgylch fy nghoesau wrth wau ei ffordd o gwmpas. Eisiau bwyd oedd hi, mae'n siŵr, meddyliais, a dim arall. **Hunanol**. Doedd cath ddim yn llawer o gwmni, ddim fel ci. Tasai Ben a finnau'n **gwahanu**, o leia fyddai ddim rhaid i mi gael Dwynwen o gwmpas yn swnian!

Gwahanu. Ben a fi'n gwahanu. Ro'n i wedi dweud y geiriau. Wedi rhoi'r **frawddeg** at ei gilydd.

A dyna pryd wnes i sylweddoli bod dagrau yn dechrau rhedeg i lawr fy wyneb.

Er mawr syndod i mi, mi wnes i gysgu'n dda, a deffro i ystafell wely lawn golau gan 'mod i wedi anghofio tynnu'r llenni cyn mynd i gysgu. Ro'n i'n arfer licio gwneud hynny pan o'n i'n ferch fach; gadael y llenni ar agor er mwyn cael fy neffro gan olau'r haul yn hytrach na chloc larwm. Ers priodi Ben, do'n i ddim wedi medru gwneud hynny achos roedd Ben yn mynnu bod yn rhaid cau'r llenni bob nos. O hyn ymlaen, ella baswn i'n cysgu bob nos yng ngolau'r lleuad ac yna'r haul.

Daeth sŵn i dorri ar draws fy meddyliau, sŵn rhywbeth yn y

---

atseinio – *to reverberate, to echo*
hunanol – *selfish*
gwahanu – *to part*
brawddeg – *a sentence*
er mawr syndod i mi – *to my great surprise*

stafell dros y ffordd ar y landin. Rhyw sŵn isel, trwm oedd o, a sŵn **sgrialu** wedyn.

Gan ochneidio, des i allan o'r gwely a mynd i gyfeiriad y stydi fechan. Ben oedd pia'r stydi fach yma, a doedd 'na ddim lle i swingio cath yno. A siarad am gathod, pwy ddaeth allan o'r stafell a golwg braidd yn euog arni, ond Dwynwen. Ond diflannodd yr olwg euog wrth iddi edrych arna i'n **snobyddlyd** â'i llygaid cul fel tasai hi'n dweud, "Ia! Fi wnaeth y sŵn! *So?*"

Cerddodd heibio i mi a dechrau mynd i lawr y grisiau.

Gan fod y stydi yn wynebu'r haul yn y bore, roedd Dwynwen wrth ei bodd yn cyrlio'n belen a mynd i gysgu ar y gadair gynnes wrth y ffenest.

Gwthiais i'r drws ar agor er mwyn gweld pa lanast oedd hi wedi ei wneud. Roedd y lle yn edrych yr un fath ag arfer, a syllais am rai eiliadau heb weld be oedd wedi mynd o'i le. Yna gwelais fas wydr o flodau ar y llawr, a phwll o ddŵr ar ben y mynydd bach o bapurau ar y ddesg.

Gafaelais yn y mynydd papur gwlyb. Gwaith papur Ben oedd o. Roedd o'n **wlyb socian**. Mi fasai Ben **o'i go'**. Doedd o ddim yn gorfod gwneud llawer iawn o waith papur adra, ond fasai o ddim yn hapus i weld be oedd ganddo wedi cael ei wlychu fel hyn.

Ac yna gwelais un llythyr ychydig bach y tu hwnt i gyrraedd y dŵr ac felly'n hollol sych. Dw i ddim yn gwybod pam wnes i

sgrialu – *to scarper*
snobyddlyd – *snobbish*
gafael – *to hold*
yn wlyb socian – *soaking wet*
o'i go, o'i gof – *very angry (lit. out of his mind)*

sylwi arno, a dweud y gwir. Y ffaith ei fod yn fyr ella, a bod enw cwmni Ben ar y top. A bod geiriau olaf y llythyr wedi neidio allan ata i:

Hoffen ni ddiolch i chi eto am eich gwasanaeth a dymuno pob dymuniad da yn eich gyrfa yn y dyfodol.

Syllais ar y llythyr, **wedi rhewi i'r fan**. Doedd hyn ddim yn gwneud math o synnwyr. Dechreuais ddarllen y llythyr o'r dechrau i'r diwedd. Ac yna sylwais ar y dyddiad ar dop y llythyr, sef dyddiad ddau fis yn ôl.

Wnes i ddim clywed sŵn y ffôn i lawr y grisiau yn syth, dim ond y 'brr brr' olaf cyn iddo **ddistewi**. Ond ymhen eiliad neu ddwy, roedd y ffôn wedi dechrau canu eto. Es i lawr y grisiau yn ddiolchgar am gael gwneud unrhyw beth ond sefyll yno yn stydi fy ngŵr, yn syllu ar lythyr oedd yn gwneud dim synnwyr.

Codais y ffôn. Ben oedd yno.

"Lle ddiawl ti 'di bod?" gofynnodd. "Dwi 'di trio dy fobeil di tua tair gwaith a…"

Aeth rhyw **ias** oer drwydda i wrth i mi wrando ar y **cryndod** yn ei lais.

"Ben, be sy?" gofynnais. "Be sy 'di digwydd?"

---

wedi rhewi i'r fan – *frozen to the spot*
distewi – *to become silent*
ias – *a shudder*
cryndod – *trembling*

31

Roedd maes parcio'r ysbyty yn llawn, gyda phob math o geir yn cropian yn araf yn trio cael lle i barcio. Ro'n i wedi gyrru mor bell, doedd gen i mo'r amynedd i orfod cylchu'r maes parcio am hanner awr rŵan! Ond diolch byth, llwyddais i weld **bwlch** yn y pen draw ar ôl rhyw bum munud o chwilio am le.

Roedd Ben wedi dweud y basai o'n dŵad i 'nghyfarfod i yn y dderbynfa ar ôl i mi gyrraedd, er mwyn iddo fo gael mynd â fi i ward Caio.

Roedd Ben yn edrych yn fychan ac yn **welw** yng nghanol y bobol eraill yn nerbynfa anferthol yr ysbyty. Roedd golwg wedi blino arno, a doedd **dim rhyfedd**, ac yntau wedi bod wrth ochr gwely Caio drwy'r nos.

Wrth iddo estyn ei freichiau allan amdana i, doedd dim angen dweud mwy. Roedd y cwtsh yn dweud y cyfan am y tro. Ond mi wnes i ryddhau fy hun oddi wrtho ar ôl rhai eiliadau.

"Sut mae o erbyn hyn?" gofynnais.

"Dal braidd yn **gysglyd**, ond mi aeth y llawdriniaeth yn iawn. Diolch byth bo nhw wedi medru… wedi medru…"

bwlch – *gap*
gwelw – *pale*
dim rhyfedd – *no wonder*
cysglyd – *sleepy*

Methodd Ben orffen y frawddeg. Ond doedd dim rhaid iddo ei gorffen hi, beth bynnag. Ro'n i'n dallt.

Doedd fy nghalon ddim wedi stopio rasio ers i mi siarad â fo ar y ffôn. Diolch byth bod yr ysbyty wedi medru **gweithredu** yn sydyn ac achub ei fywyd. Doedd apendics oedd ar fin byrstio ddim yn jôc. Basai'n gallu bod yn ofnadwy.

"Dwi isio ei weld o!"

"Ffordd yma!" meddai Ben, dan wenu. "Fydd o'n falch o dy weld ditha hefyd, dwi'n meddwl!"

Dilynais Ben drwy **ddrysfa** o goridorau tan i ni gyrraedd ward fy mab.

Roedd Caio yn eistedd i fyny yn ei wely a gwenodd a chodi ei fawd wrth i mi agosáu. Es i ato fo a'i **gusanu**'n hir ar ei dalcen, fel ro'n i'n arfer ei wneud pan oedd o'n hogyn bach ac yn sâl yn ei wely. Roedd ei ben yn **chwyslyd** a'i wallt tywyll yn **glynu** wrth ei dalcen.

"Be sy'n bod arna chdi yn **dychryn** dy fam fel'na, dŵad?" meddwn.

"Sori, Mam!" gwenodd. "Hogyn isio sylw dwi 'di bod erioed, 'de!"

"Mi wneith rhai pobol unrhyw beth i fethu darlith!" meddai Ben, gan roi ei law yntau ar wallt Caio.

---

gweithredu – *to take action*

drysfa – *maze*

cusanu – *to kiss*

chwyslyd – *sweaty*

glynu – *to stick*

dychryn – *to scare*

"Wel, be fedra i ddeud, 'te?" atebodd Caio, gan wenu'n ôl. "Ond dwi mor falch fod fy ffrindia i 'di mherswadio i i fynd at y doctor neithiwr. A finnau'n meddwl mai dim ond poen ar ôl gwneud gormod yn y gampfa oedd o!"

"Mae gin ti ffrindia da iawn, faswn i'n ddeud!" meddwn.

"Oes, ma gin i," meddai Caio yn ôl, gan wenu'n wan. Roedd o'n amlwg wedi blino ar ôl ei lawdriniaeth.

"Beth am i ti drio cysgu, ia? Mi eith dy dad a finna i lawr i'r caffi i gael panad er mwyn i ti gael cyfle i orffwys."

"Fyddwch chi o gwmpas am dipyn, o'n byddwch?" gofynnodd. "Mi faswn i'n licio gweld mwy arnach chi."

"Stafell ddwbwl sgen i yn y gwesty," meddai Ben.

Edrychais arno'n sydyn, ond ddywedais i ddim byd o flaen Caio.

"Ma hynna'n iawn felly, tydy?" meddai Caio, a phlygodd ei ben yn ôl ar y glustog a chau ei lygaid. "Wela i chi nes ymlaen, 'ta…"

32

Wedi cyrraedd y cantîn, es i draw at fwrdd ac eistedd i lawr tra bo Ben yn ciwio. Teimlais yn flinedig, yn sydyn iawn, a finnau heb arfer gyrru mwy na rhyw awr ar y tro yn ddiweddar. Dylwn i alw draw i weld Caio'n amlach yn y coleg, meddyliais. Ar ôl i hyn i gyd fod drosodd. "Ar ôl i be'n union fod drosodd?" gofynnodd rhyw lais bach yn fy mhen.

Edrychais ar Ben o bell. Roedd golwg wedi blino arno yntau hefyd, a straen ymdopi â'r **argyfwng** efo Caio yn yr ysbyty yn amlwg ar ei wyneb. Ro'n i'n nabod y ffordd oedd o'n sefyll, y ffordd roedd o'n llusgo traed yn y ciw, a'i ben yn plygu rhyw **fymryn** bach i'r chwith. Ro'n i'n ei nabod o mor dda, ac eto, o'n i'n ei nabod o gwbwl?

Cyn i mi fedru meddwl mwy am gynnwys y llythyr yn ei stydi, blipiodd fy ffôn i ddangos bod gen i neges. Gan Meic.

```
Ty'd draw i'r orsaf. Dyn efo het isio siarad
efo chdi! :/
```

Y dyn â'r het! Pam ddiawl oedd o wedi mynd draw i Orsaf Radio'r Dref Wen i siarad efo fi? Sut oedd o'n gwybod 'mod i'n gweithio yno heblaw ei fod o wedi fy nilyn i, wedi bod yn sbecian arna i!

argyfwng – *emergency*
mymryn – *a tiny bit*

Ond roedd yr hanes hwnnw i gyd fel tasai wedi dod o ryw fyd arall, o fyd pell iawn o blaned brysur yr ysbyty yma yn Lloegr bell. Do'n i ddim yn mynd i fedru meddwl am y peth rŵan.

Penderfynais beidio â dechrau dweud yr hanes i gyd wrth Meic, dim ond dweud:

```
Ddim adra tan fory, sori. Gweld Caio.
```

Cyrhaeddodd Ben efo hambwrdd a dwy gwpanaid o de a brechdan yr un arno.

"Doedd gynnyn nhw ddim cyw iâr, felly gobeithio bod ham –"

"Ma'n grêt," meddwn. "Ma'n hollol grêt."

Estynnais draw am y frechdan ac wrth i mi wneud, rhoddodd Ben ei law dros fy llaw i.

"Fedra i ddim deud wrthat ti mor… Dan ni mor lwcus, sti. Tasai rhywbeth wedi digwydd i Caio…"

"Wn i," atebais. "Fo ydy cannwyll ein llygaid ni, 'te..? A beth bynnag arall wneith ddigwydd, fydd hynny byth yn newid."

Tynnodd Ben ei law yn ôl, a daeth golwg boenus arno.

"Lena, tydy petha ddim wedi bod yn hawdd… Yn ddiweddar… Dwi'm 'di bod yn hollol…"

"Onest efo fi? Naddo, dwi'n gwbod."

Edrychodd arna i mewn tipyn bach o syndod. Ddywedodd 'run ohonon ni air am funud. Yna, penderfynais fod yn rhaid siarad am yr eliffant anferth oedd ar y bwrdd!

"Dwi 'di gweld y llythyr, Ben. Yr un ffarwél. Gin dy waith di. Diolch i Dwynwen!"

"Dwynwen?" gofynnodd mewn syndod er, dim hwnnw oedd y cwestiwn pwysicaf y dylai ei ofyn!

Ysgydwais fy mhen.

"Pam wnest ti'm deud wrtha i, Ben? Pam wnest ti'm sôn?"

"Dwn i'm…" meddai, ac edrych i lawr ar y frechdan ham **dila** o'i flaen. "Efo Caio yn gadael am y coleg a phob dim… Dwn i'm," meddai eto. "Do'n i ddim isio gneud petha'n waeth… Ac ro'n i wir yn meddwl y baswn i'n medru cael swydd arall mewn dim o dro, fel bod dim rhaid i ti byth ddŵad i wbod…"

"Ond roeddat ti'n gwisgo dy ddillad gwaith… siwt a thei… bob diwrnod! Yn diflannu bob dydd i dy waith!"

Nodiodd ei ben a chochodd ei wyneb.

"Dwi'n gwbod. Pathetig, tydy?"

"Trist, ella. Dim pathetig. Trist bo chdi ddim 'di teimlo bo chdi'n medru deud wrtha i. Rhannu efo fi."

Edrychodd Ben arna i am eiliad cyn edrych i lawr eto ar ei frechdan ham.

"Ond os doeddat ti ddim yn mynd i dy waith, yna i le…?"

Roedd o'n dal yno. Cysgod 'affêr' Ben. Roedd yn rhaid i mi ofyn.

Cododd ei ysgwyddau.

"Am dro weithia, os oedd hi'n braf. I'r parc. Neu fynd i weld ambell i ffrind os oedd hi'n oer ac yn wlyb… Heb ddweud y gwir, wrth gwrs. Gwneud esgus i fynd draw am banad a sgwrs, **cogio** 'mod i rhwng dau gyfarfod neu rywbeth…"

Meddyliais am gar Ben ar y stad dai, y tro cynta es i â Mr Huws

---

tila – *paltry, insignificant*
cogio – *to pretend*

am dro. A'r ffaith bod Ben wedi dweud celwydd y noson honno, dweud ei fod o ddim wedi gadael ei ddesg drwy'r dydd… Hynny oedd dechrau'r **amheuon**. Ond roedd pethau'n gwneud synnwyr rŵan. Wrth edrych i fyw ei lygaid, roedd hi'n amlwg ei fod o'n dweud y gwir.

Roedd gen i gywilydd rŵan hefyd, 'mod i wedi ei amau. 'Mod i wedi neidio'n rhy sydyn ar y syniad bod Ben, fy Ben annwyl i, yn cael rhyw hen affêr efo rhyw ddynes oedd yn ddim byd ond ffrwyth dychymyg!

"Ond lle roeddet ti penwythnos yma? Pan ffoniodd ffrind Caio i ddweud ei fod o'n sâl…?"

"Efo Caio o'n i. Wedi trefnu mynd ato fo beth bynnag."

"Ond pam na wnest ti…? Mi faswn i wedi…"

"O'n i isio mynd ar fy mhen fy hun, Lena. I gael… newid o'r… tŷ…"

I gael diflannu oddi wrtha i, meddyliais. I gael dianc rhag yr awyrgylch ro'n i wedi ei greu yn y tŷ ar ôl i Caio adael.

"Ac i siarad efo Caio am yr holl beth…" meddai Ben.

"Roedd Caio'n gwbod, felly."

Dim cwestiwn oedd o. Doedd o ddim yn sioc. Roedd geiriau Caio'n gwneud synnwyr rŵan hefyd, on'd oedden nhw? Y sôn am "sortio pethau. Dod drwyddi".

"Sori," meddai Ben. "Am beidio deud wrthat ti."

"Dw inna'n sori hefyd, Ben. Am bob dim."

Daeth distawrwydd a lapio'i hun amdanon ni am eiliad.

"Ond mae 'na jest un peth…" mentrais yn araf.

Edrychodd Ben yn syn arna i. "O?"

---

amheuaeth, amheuon – *doubt(s)*

"Ma'r fechdan ham yma'n blwmin **afiach**!"

Ac yna, dechreuodd y ddau ohonon ni chwerthin. Chwerthin fel tasai pwysau eliffant mawr pinc wedi codi oddi ar ein hysgwyddau!

---

afiach (gog) = ych a fi (de) – *horrible (lit. unhealthy)*

33

"Hapus?" gofynnodd Ben wrth orwedd efo fi yn y gwely.

"Hapus," atebais innau, gan wenu yn ôl arno, a'i gusanu'n **dyner**.

Ac o'n, mi ro'n i'n hapus. Roedd Caio allan o'r ysbyty erbyn hyn, ac roedd o wedi cytuno i ddŵad adra am ei wyliau Nadolig o'r coleg ychydig bach **cynt**, er mwyn iddo gael amser i ymlacio a chael ei nerth yn ôl.

Roedd hi'n braf medru ei glywed o gwmpas y tŷ a chael gofalu amdano fo, ei ddifetha a dweud y gwir! (Roedd Mam wastad yn dweud mai nyrs ddylwn i fod wedi bod!) Ond roedd hi hefyd yn braf gwybod mai am gyfnod yn unig roedd o adra, ac y basai Ben a fi'n medru dechrau byw fel cwpwl eto a gwneud y pethau roedden ni eisiau eu gwneud; mwynhau cwmni ein gilydd fel roedden ni'n ei wneud cyn i ni gael Caio.

Yna dechreuodd Ben siarad.

"Lena, dwi 'di bod yn meddwl… Am y busnes chwilio am waith yma… Tydy hi ddim yn mynd i fod yn hawdd i gael gwaith arall, dim a finnau yn fy mhumdegau…"

"Pumdegau cynnar! Chwara teg!" meddwn innau'n ôl. Ond ro'n i'n gwybod be oedd o'n feddwl. Roedd o'n oed anodd i fod

---

tyner – *tender*
cynt – *sooner*

allan o waith, toedd? Yn rhy ifanc i ymddeol, ond eto'n rhy hen i ddechrau cystadlu am swydd hollol newydd ella.

"Ond ma raid i ni fyw ar rywbeth, toes? Mi ges i ychydig o bres gin y gwaith ar ôl i mi orffen, ond wneith hwnnw ddim para am byth. Dwi'n trio'r loteri bob wythnos ond tan i ni ennill y miliynau hynny, ma raid i ni fwyta! A helpu rhywfaint ar Caio'n y coleg!"

"Ti'n iawn!" meddwn i. "Ond be?"

Cyn iddo fo gael cyfle i ddechrau dweud mwy, canodd cloch y drws.

"Ti'n disgwyl parsel?" gofynnais.

"Chdi ydy'r un sy'n archebu petha oddi ar y we cyn Dolig fel arfer, nid fi!" meddai Ben dan wenu. "Neu ella bod Caio 'di bod yn ordro! Arwydd arall ei fod o'n gwella!"

Canodd y gloch eto, ac er mwyn pwysleisio'r ffaith, dechreuodd y postmon guro ar y drws hefyd. Ro'n i'n gwybod bod yn gas gan bob postmon yr amser yma o'r flwyddyn, ond doedd dim rhaid iddo fod mor flin, meddyliais, gan lusgo fy hun o 'ngwely a cherdded linc-di-lonc i lawr y grisiau at y drws (a phasio Dwynwen flin ar y ffordd).

Ond nid postmon oedd yno, ond Seren. Ac roedd golwg wedi dychryn arni, ei hwyneb yn wyn a'i llygaid yn sgleinio.

"Seren, ty'd i mewn, ti'n edrych yn…"

"Lena, ma rhaid i chi ddŵad efo fi! Plis!"

Doedd dim lle i amau'r panig yn ei llais.

"Mynd efo chdi i le? Fedra i'm gweithio heddiw, dwi 'di deud wrth Meic. Ma Caio adra o'r sbyty a…"

"Dim i'r gwaith! At Thelma!" meddai Seren, a'i llais yn crynu.

"Be sy 'di digwydd i Thelma?" gofynnais.

"Wel… wel…" **Llyncodd Seren ei phoer** cyn mynd yn ei blaen. "Ro'n i yn cyrraedd i fynd â Mr Huws am dro pan… pan welais i hi! Thelma!"

"Yn lle?" Roedd fy meddwl yn troi, braidd.

"Ar stepan drws ei thŷ!"

Syllais arni. Doedd y stori yma, neu ymateb Seren, ddim yn gwneud synnwyr o gwbwl.

"Sori, Seren, dwi ddim yn siŵr 'mod i'n dallt be 'di'r brobl—" dechreuais, ond aeth Seren yn ei blaen heb gymryd sylw.

"Welodd hi mona i, dwi'n sicr o hynny. Ro'n i ar fin galw 'Helô Thelma' pan… pan…"

"Pan be?" Ro'n i ar bigau'r drain rŵan. "Be ddigwyddodd, Seren?"

"Pan… gamodd 'O', y dyn efo'r het, o rywle, a sefyll yno'n siarad efo hi ar stepan y drws!"

Aeth ias oer i lawr fy nghorff wrth glywed geiriau Seren. Aeth ymlaen.

"Wel, doedd Thelma'n amlwg ddim isio siarad efo fo, ro'n i'n medru deud hynny o'r ffordd roedd hi'n sefyll. Dwi'n un dda am ddarllen iaith y corff, w'chi."

"Ond be ddigwyddodd wedyn?"

"Wel… Mi edrychais arnyn nhw am dipyn. Roeddan nhw'n siarad a wedyn ma raid bod y boi wedi dweud rhywbeth ofnadwy

llyncodd… ei phoer – *she swallowed her spittle*

wrthi achos mi roddodd Thelma ei llaw dros ei cheg. **Mewn braw!**"

"Mewn braw!" meddwn i, a 'nghalon yn dechrau cyflymu.

"A… a wedyn wnaeth hi adael y dyn efo'r het i mewn!"

Sefais yno am eiliad yn trio meddwl o'n i wedi clywed yn iawn. Ro'n i'n methu credu!

"Be? Mae o yn y tŷ efo hi'r funud yma?"

"Yndy! Ma raid bod o wedi **ei thwyllo hi'n llwyr**! Plis, Lena. Brysiwch! Dwi'n meddwl bod Thelma mewn peryg mawr!"

---

mewn braw – *in shock*

ei thwyllo hi'n llwyr – *deceived her completely*

34

Dw i ddim yn meddwl 'mod i wedi rhedeg mor gyflym ers blynyddoedd! Ond diolch i'r ymarfer corff o'n i'n ei gael ar hyn o bryd drwy fynd â'r ci am dro a dawnsio, ro'n i'n symud yn reit dda.

Ymhen tua deg munud, roedd Seren a finnau yn sefyll y tu allan i dŷ Thelma Morris.

"Reit, be rŵan?" gofynnodd Seren, ac edrychodd y ddwy ohonon ni ar ein gilydd.

"Wel… cnocio'r drws a thrio cael Mrs Morris yn rhydd, wrth gwrs!" atebais innau.

Ceisiais beidio â swnio'n rhy ddigalon. Ond ro'n i'n ofni yn fy nghalon ein bod ni'n rhy hwyr.

"Fasai hi'n syniad ffonio'r heddlu hefyd?" meddai Seren. "Jest rhag ofn bod gin y boi **wn**… neu gyllell! Rhag ofn iddo fo droi'n gas iawn a… a thrio'n **cadw ni'n dwy'n wystlon** hefyd! Dwi wedi darllen am betha fel hyn ar y we! Mae o'n medru digwydd, 'chi! Hyd yn oed yma yng Nghymru!"

Doedd hon yn fawr o gysur, meddyliais.

Ac eto, roedd rhywbeth yn gwneud i mi bwyllo cyn ffonio'r heddlu.

gwn – *gun*
cadw ni'n dwy'n wystlon – *to keep us both hostage*

"Dim eto. Dwi'n meddwl mai trio cnocio'r drws fasai'r peth gorau i ddechrau. Dan ni ddim isio i'r boi banicio a gwneud rhywbeth gwirion."

"Iawn. Os dach chi'n siŵr!" meddai Seren, a golwg **amheus** arni. Ond a dweud y gwir, nag o'n, do'n i ddim yn siŵr o gwbwl!

Pwysais fy nghlust yn erbyn y drws a gwrando am unrhyw sŵn fasai'n dweud wrthon ni bod Thelma'n ceisio ymladd, yn ymladd am ei bywyd. Doedd dim smic. Am eiliad fach, teimlais **ryddhad**, cyn i mi feddwl eto, ella bod y distawrwydd tu mewn yn arwydd drwg. Yn arwydd drwg iawn.

"Be?" gofynnodd Seren, yn amlwg yn gweld golwg boenus ar fy wyneb. "Be sy?"

"Well i ni gnocio'r drws, ella," meddwn, dan drio 'ngorau i beidio â swnio'n rhy ofnus. "I ni gael gweld be sy'n mynd ymlaen, ia?"

Cnoc, cnoc, cnoc, cnoc. (SAIB) Cnoc, cnoc.

Y gnoc arferol. Y gnoc fasai'n dweud wrth Thelma mai fi oedd yna.

Teimlais fod y cnocio yn atseinio i fyny ac i lawr y stryd i gyd. Fel drwm mawr. Fel apêl i bawb adael beth bynnag oedden nhw'n ei wneud a rhedeg **nerth eu traed** i achub Thelma Morris rhag ei ffawd.

Ddaeth neb i ateb y drws. Clywais gi yn cyfarth, a meddwl i ddechrau bod y sŵn yn dŵad o ben draw'r teras, cyn sylweddoli mai cyfarthiad Mr Huws oedd o, o'r tu mewn i'r tŷ.

---

amheus – *suspicious*

rhyddhad – *relief*

nerth eu traed – *as fast as their feet can carry them*

Yna ymhen eiliadau, clywais lais Thelma yn cysuro'r ci wrth iddi hi nesáu at y drws. Yr eiliad nesa, roedd hi'n sefyll o'n blaenau ni. Roedd hi'n edrych fel tasai hi'n synnu ein gweld, Seren a finnau, ar stepan ei drws.

"Thelma… dach chi'n…?" dechreuodd Seren.

"Ydy pob dim yn iawn?" gofynnais innau, gan feddwl ella y dylen ni beidio â chynhyrfu rhag ofn i Mr Het **gymryd y goes** neu droi'n gas.

Roedd hi'n berffaith amlwg bod Thelma wedi cael braw. Roedd ei hwyneb hi'n wyn fel eira a'i llaw yn crynu wrth iddi afael yn ochr y drws. Roedd hi'n amlwg yn falch o'n gweld ni, ond wrth iddi hi drio gwenu, roedd ei gwefusau hefyd yn crynu.

"Dowch i mewn, wnewch chi? Y ddwy ohonoch chi. Plis dowch i mewn. Dwi isio…"

Doedd dim rhaid iddi ofyn ddwywaith! Ymhen eiliad roedd Seren a finnau yn y tŷ, a Mr Huws yn neidio ac yn ysgwyd ei gynffon fel anifail o'i go'.

"Ewch i mewn. Yn y gegin mae o!" meddai, a meddyliais ei fod yn beth od i'w ddweud.

A dyna lle roedd y dyn (a'i het ar ei lin) yn eistedd ar gadair wrth y bwrdd, a phanad o de wedi hanner ei yfed o'i flaen!

Cododd wrth weld y ddwy ohonon ni.

"Dyma'r ddwy ro'n i'n sôn wrthat ti amdanyn nhw… maen nhw wedi bod mor ffeind yn mynd â Mr Huws am dro i mi," meddai Thelma, gan wenu ar y ddwy ohonon ni. Tarodd y 'ti' fy nghlust fel cloch.

Estynnodd y dyn ei law yn gyfeillgar.

cymryd y goes – *to scarper*

"S'mae? Eto!" dywedodd wrtha i. Edrychodd Seren yn syn arna i, yn dallt dim bod y ddau ohonon ni wedi cyfarfod o'r blaen! Roedd hi'n rhy hwyr i esbonio.

"Dyma Ifan," meddai Thelma, ac roedd rhyw dinc balch yn ei llais.

"Fy mab i."

Gwenodd y ddau ar ei gilydd ac edrychodd Seren a finnau ar ein gilydd yn syn.

"Ma Ifan wedi fy ffeindio fi ar ôl yr holl flynyddoedd…"

35

Plygodd Meic ymlaen a chymryd dracht arall o'i beint. Gwnaeth Ben yr un fath.

"Felly, dwed eto i mi gael dallt yn iawn: ei mab hi oedd o. Mab Thelma Morris?"

Nodiais fy mhen.

"Ia. Cafodd hi a'i gŵr Ralph fab pan oeddan nhw'n caru, cyn iddyn nhw briodi. Ar yr adeg honno, doedd hi ddim yn hawdd cadw plentyn oedd wedi cael ei eni tu allan i briodas…"

"Hen **lol** wirion!" meddai Mags, gan ysgwyd ei phen. Cytunodd pawb o'r criw.

Roedd y pedwar ohonon ni wedi dechrau cyfarfod i gael diod unwaith yr wythnos, ac roedd hi'n deimlad braf gallu cymdeithasu efo Ben unwaith eto, a chael cwmni Meic (a Mags!) yn y fargen.

Es i ymlaen â'r stori.

"… felly **doedd dim amdani** ond trefnu bod y mab yma'n **cael ei fabwysiadu**. A doedd Thelma na Ralph ddim wedi clywed gair amdano fo wedyn."

"Ond anghofion nhw 'rioed amdano fo, siŵr o fod!" meddai Ben, ac roedd ei lygaid yn sgleinio.

lol – *nonsense*
doedd dim amdani – *there was no alternative*
cael ei fabwysiadu – *adopted*

"Naddo. Erioed. Roedden nhw'n cofio amdano bob dydd. A phan oedd ei gŵr yn dal yn fyw, mi fasai Thelma ac yntau'n mynd i lawr at eu hoff lyn ar ddiwrnod pen blwydd y mab, ac yn taflu **rhosyn** ar wyneb y dŵr, gan obeithio bod eu mab yn rhywle yn cael diwrnod pen blwydd hapus efo'i deulu newydd."

"Ma hynna mor… mor ofnadwy o…" meddai Meic, ond doedd dim rhaid iddo orffen ei frawddeg.

Eisteddodd y pedwar ohonon ni mewn distawrwydd am eiliad, pob un ar goll yn ei feddyliau.

Estynnodd Meic ymlaen ac yfed llwnc arall o'i beint. Gwnaeth Ben yr un fath.

"Pam dŵad i chwilio amdani hi rŵan 'ta?" gofynnodd Ben o'r diwedd.

Eglurais fod **rhieni maeth** Ifan wedi marw yn y blynyddoedd diwetha. Dim ond wedyn roedd Ifan yn teimlo'n rhydd i fedru chwilio am ei **rieni geni**. Ond roedd o ofn mentro. Ofn gwneud pethau'n anodd.

"Sut ffeindion nhw ei gilydd, 'ta?" holodd Mags.

"Ditectif preifat wnaeth y gwaith drosto fo yn y diwedd," meddwn i. "Yn rhyfedd iawn, mi wnes i a Mr Huws eu gweld nhw wrth fynd am dro. Ond roedd Ifan dal yn nerfus. Doedd o ddim yn siŵr sut fasai hi'n ymateb tasai ganddi deulu newydd."

Meddyliais amdano fo'n gwylio'r tŷ, yn trio cael mwy o wybodaeth drwy siarad efo fi.

---

rhosyn – *a rose*
rhiant maeth, rhieni maeth – *foster parent(s)*
rhiant geni, rhieni geni – *birth parent(s)*

"Ond be sy'n wych ydy bod y ddau wedi ffeindio ei gilydd rŵan!" meddai Ben. "A mi gân nhw flynyddoedd braf yn dŵad i nabod ei gilydd, gobeithio!"

"Cân."

Ar ôl eiliad arall o ddistawrwydd, gofynnodd Meic, "Wel, Ben… ti 'di bod yn ymarfer dy ddawnsio, 'ta?"

Gwenais. Hen **dacteg** oedd hon ganddo i newid cyfeiriad sgwrs er mwyn ysgafnhau'r awyrgylch. Dechreuodd hymian cân a symud ei ysgwyddau i fynd efo'r diwn. Chwarddodd pawb.

"Un waith dwi'n dŵad efo chi, iawn? Dwi 'di addo i Lena y do i unwaith, a dyna ni!"

"Ond ella byddi di'n darganfod bod gen ti ryw dalent newydd at y peth, Ben!" **pryfociodd** Mags. "Ti byth yn gwbod tan i ti drio, nag wyt? Ella fydd hwn yn newid dy fywyd di!"

"Faswn i'm yn dal fy ngwynt, taswn i'n chdi!" meddai Ben yn bwdlyd a chwarddodd pawb.

Yr eiliad honno, agorodd drws y dafarn a thorrodd llais ifanc ar draws ein sgwrs, llais oedd yn **anaddas** iawn i'r colur du bygythiol o gwmpas wyneb gwyn fel ysbryd.

"Fan'ma dach chi'n cuddio!"

"Y Seren ei hun!" meddai Meic gan godi a rhoi hyg iddi hi. "Haia! Ti'n iawn? Be gymri di i yfed?"

"Dim byd! Sgen i'm amsar! Dach chi yn gwbod bod Thelma ac Ifan ar fin gadael, yndach?"

"Rŵan ma nhw'n mynd?" meddwn i mewn syndod. "Ond o'n

---

tacteg – *tactic*

pryfocio – *to provoke*

anaddas – *unsuitable*

i'n meddwl mai yn hwyrach pnawn 'ma..."

"Rŵan! Ia! Dowch os dach chi isio ffarwelio!"

"A chyfarfod Mr Huws o'r diwedd," sibrydodd Ben dan ei wynt gan wneud llygaid. Chymerais i ddim sylw ohono!

Wrth lwc doedd y dafarn ddim yn rhy bell o dŷ Thelma, felly ar ôl i bawb orffen eu diodydd yn gyflym, roedden ni yno ymhen deg munud.

Pan gyrhaeddon ni, roedd Ifan yn sefyll tu allan i'r drws ffrynt, a'i het **nodweddiadol** ar ei ben a gwên fawr ar ei wyneb. Ew, roedd o mor debyg i Thelma pan oedd o'n gwenu, meddyliais. **Doedd dim dwywaith** bod y ddau yn perthyn, rŵan 'mod i'n gwybod hynny! Sut fues i erioed yn ofnus o'r boi yma!

"Tu mewn mae Thelma?" gofynnais.

"Ia, jest yn edrych o gwmpas i wneud yn siŵr bod pob dim ganddi. 'Sach chi'n meddwl ei bod hi'n gadael y lle am byth, nid jest am fis!"

"Mae o'n gam mawr, a hithau wedi bod yn gaeth i'r tŷ am gymaint o amser, sti, Ifan," atebais.

"Yndy, dwi'n gwbod," atebodd yntau. "Ma'n gam mawr iawn, chwara teg. I'r ddau ohonon ni."

Roedd o'n foi mor neis!

"Well i mi fynd i mewn atyn nhw, felly," meddwn i, a cherdded ymlaen at y drws.

Sefyll yn y gegin yn syllu allan ar yr ardd oedd Thelma, a Mr

---

nodweddiadol – *distinctive*

doedd dim dwywaith – *there was no doubt (lit. there were no two ways about it)*

Huws wrth ei hochr. Roedd Ifan wedi bod yn torri'r gwair, ac roedd y lle'n werth ei weld.

Trodd y ddau wrth fy nghlywed yn nesáu, a dechreuodd Mr Huws ysgwyd ei gynffon.

Gwenodd Thelma fel giât.

"Ma'r ardd yn edrych yn neis, Thelma. Ma Ifan wedi bod yn gweithio'n galed arni," meddwn.

"Mae ganddo dalent am arddio. Fel ei dad."

Cyffrôdd Mr Huws ac ysgwyd ei gynffon eto.

"Dwi'n siŵr ei fod o'n dallt yn iawn, 'chi; bod y ddau ohonon ni'n mynd i ffwrdd am wylia bach. Jest bechod bod Ifan ddim yn cael cadw ci yn ei fflat yn y Bae…"

"Mi fydd Mr Huws yn tsiampion yn tŷ ni, o'n byddi?"

Rhoddodd y ci ei drwyn yn fy llaw a chwilio am fwythau.

"Dwi'n ddiolchgar iawn, Lena. Am hyn, ac am bob dim, deud y gwir."

"Ma petha wedi gweithio allan yn iawn i chi yn y diwedd, Thelma," meddwn. "Diwedd hapus i'r stori. Ynte?"

"Ia," meddai, ond daeth cysgod am eiliad dros ei hwyneb, ac edrychodd hi'n ôl am yr ardd. Doedd dim rhaid iddi esbonio. Mi fasai cael Ralph yma hefyd i weld yr **aduniad** wedi gwneud yr holl stori'n berffaith. Ond roedd ganddi'r cyfle i drio **adennill** ychydig bach o fywyd a phrofiadau efo'i mab, a doedd dim rhaid i neb ddweud wrthi hi na finnau **mor werthfawr oedd hynny**.

"Barod?" gofynnais.

---

aduniad – *reunion*

adennill – *to recover*

mor werthfawr oedd hynny – *how precious that was*

"Barod!" meddai Thelma, gan droi ei chefn ar yr ardd a gwenu i lawr ar ei chi hoff.

"Ma tunia bwyd Mr Huws yn y bag yna'n fan'cw." Pwyntiodd at fag mawr gwyrdd oedd yn pwyso yn erbyn drws y gegin.

"A dach chi'n siŵr fydd y gath sgynnoch chi ddim yn meindio cael tenant bach arall yn byw efo chi am 'chydig?"

"Gadewch chi Dwynwen y gath i mi, Thelma!" meddwn, gan obeithio 'mod i'n swnio'n fwy hyderus nag o'n i'n ei deimlo! "Dowch rŵan, ma Ifan isio dechra ar y daith."

Gwenodd y ddwy ohonon ni ar ein gilydd, yn deall ein gilydd.

Ac o edrych i lawr ar Mr Huws, roedd yn amlwg ei fod yntau'n deall hefyd. Yn deall i'r dim.

Geirfa

achub y blaen – *to get there first (lit. to save the front)*
adennill – *to recover*
adlais – *echo*
aduniad – *reunion*
aeddfed – *mature*
afiach (gog) = ych a fi (de) – ***horrible (lit. unhealthy)***
afresymol – *unreasonable*
anghyfforddus – *uncomfortable*
ai peidio – *or not*
ailafael – *to take hold of again*
am gywilydd! – *what an embarrassment!*
amddiffynnol – *defensive*
amheuaeth, amheuon – *doubt(s)*
amheus – *suspicious*
amrywio – *to vary*
anaddas – *unsuitable*
andros o gês – *a real character*
anffyddlon – *unfaithful*
anffyddlondeb – *infidelity*
annhebygol – *unlikely*
annisgwyl – *unexpected*
anwesu – *to caress, to pet*
apêl, yr apêl – *(an) appeal, the appeal*
ar ben ein digon – *on top of the world (lit. on top of our enough)*
ar waelod yr hysbyseb – *at the bottom of the advert*
ar y gair – *as we speak (lit. on the word)*
ar yr un donfedd – *on the same wavelength*
arferiad – *habit*
argyfwng – *emergency*
arogl, ogla – *(a) smell*
atseinio – *to reverberate, to echo*
awen – *inspiration*
awydd – *desire*

bara saim – *fried bread*
bechan (benywaidd/*feminine*); bychan (gwrywaidd/*masculine*) – *small*
bechod (gog) = dyna drueni (de) – ***what a pity***
blin (gog) = crac (de) – ***angry***
blodeuo – *to flower*
bob hyn a hyn – *every now and then*
bod wrthi – *to be busy (lit. to be at it)*
boddi – *to drown*
brân – *a crow*
brawddeg – *a sentence*
brawychus – *frightful, terrifying*
bregus – *fragile*

breuddwydiol – *dreamy*
budr (gog) = brwnt (de) – ***dirty***
bwlch – *gap*
bwrw ei fol – *to pour one's heart out (lit. to pour one's stomach out)*
bygythiol – *threatening*
byr rybudd – *short notice*
byth ers – *ever since*
byw fy llygaid – *the quick of my eyes*

cadw llygad barcud (arni) – *to watch (her) like a hawk (lit. to watch [her] like a kite or buzzard)*
cadw ni'n dwy'n wystlon – *to keep us both hostage*
cael ei fabwysiadu – *adopted*
cael gwared ar – *to get rid of*
cael modd i fyw – *to be extremely happy (lit. to have means of living)*
Caer – *Chester*
Caerlŷr – *Leicester*
callio – *to wisen up*
cannwyll ein llygad – *the apple of our eye (lit. candle of our eye)*
cant y cant – *100%*
canu grwndi – *to purr*
carwriaeth gyfrinachol – *secret courtship*
cau'r drws yn glep – *to slam the door*
cemegol – *chemical*
cerdded linc–di–lonc – *to walk nonchalantly*
cist – *chest*
clên, yn glên – *affable, kind*

clun – *hip*
cogio – *to pretend*
coler – *collar*
colli arni – *losing it*
corn – *horn*
corn clust, cyrn clustiau – *headphone(s)*
crawcian aflafar – *harsh croaking*
creadur(iaid) – *creature(s)*
crefu am faddeuant – *to plead for forgiveness*
creision ŷd – *corn flakes*
crensian – *(to) crunch, crunching*
croesawgar – *welcoming*
cryndod – *trembling*
crynu – *to shake*
culhau – *to narrow*
cusanu – *to kiss*
cwffio (gog) = ymladd (de) – ***to fight***
cydnabod – *to acknowledge*
cydymdeimlad – *sympathy*
cydymdeimlo – *to sympathize*
cyfiawnhau – *to justify*
cyngor call – *sound advice*
cylchu – *circling*
cym bwyll – *be careful*
cymhlethdod(au) – *complication(s)*
cymryd y goes – *to scarper*
cymysglyd – *muddled*
cyn pen dim – *in no time*
cynllwynio – *to plot*
cynnil fel bricsan (gog) = bricsen (de) – ***subtle as a brick***

cynnwrf – *excitement*
cynt – *sooner*
cyntedd – *hallway*
cyrion – *outskirts*
cysglyd – *sleepy*
cysur – *comfort*

chdi (gog llafar) = ti
chwarddais – *I laughed*; chwarddodd – *(s)he laughed*
chwifio – *to wave*
chwyrnu – *to snore, to growl*
chwys domen – *very sweaty (lit. a sweaty heap)*
chwyslyd – *sweaty*

dach chi (gog) = dych chi (de)
dad-bacio – *to unpack*
dal fy ngwynt – *to catch my breath*
dal i bendroni – *still wondering*
dal i gredu – *to still believe, to hold out hope*
dallt (gog) = deall (de)
damia fo! – *damn him!*
dewr – *brave*
diarth (gog) = dierth (de) – *strange*
diawl bach – *little devil*
didaro – *nonchalant, casual*
dieithr – *unfamiliar*
dileu – *to delete*
dilornus – *scathing*
dilyn – *to follow*
dim rhyfedd – *no wonder*
dim smic – *not a sound*

dirgelwch – *mystery*
diseremoni – *without ceremony*
disgyn – *to fall*
distewi – *to become silent*
diweddglo – *ending*
diymadferth – *powerless*
doedd dim amdani – *there was no alternative*
doedd dim dwywaith – *there was no doubt (lit. there were no two ways about it)*
doedd ganddi hi ddim (gog) = doedd gyda hi ddim (de)
doedd hynny'n fawr o gysur! – *that wasn't much consolation!*
dracht – *big sip*
dro ar ôl tro – *time after time*
dros ben llestri – *to go overboard (lit. to go over the dishes)*
drysfa – *maze*
dw i'n amau dim – *I don't doubt*
dŵad ataf fy hun (gog) = dod ataf fy hun (de) – *to come back to myself*
dŵad i ben (gog) = dod i ben (de) – *to get through it*
dwi'm = dw i ddim
dwn i'm = dw i ddim yn gwybod – *I don't know*
dychryn – *to scare*
dychymyg – *imagination*
dyma fi (yn anfon) = mi wnes i (anfon)

egnïol – *energetic*
ei ben yn ei blu – *a bit downhearted (lit. his head in his feathers)*
ei thwyllo hi'n llwyr – *deceived her completely*
ella (gog llafar) = (e)fallai
er mawr syndod i mi – *to my great surprise*
eraill – *others*
erchyll = ofnadwy
esgus – *to pretend (also, an excuse)*
estyn – *to reach (out), to extend*

faswn i fawr o dro – *I wouldn't be long (lit. I wouldn't be much time)*
fedra i ddim diodde(f) (gog) = alla i ddim diodde(f) (de) – *I can't stand*
finnau, innau – *me (too)*
fy nal yn wystl – *to hold me hostage*

ffawd – *fate*
ffeind – *kind*
fflachio – *to flash*; yn fflachio – *flashing*
fflamgoch – *flame red*
ffraeo – *to quarrel*
ffrwtian – *to splutter, to bubble away*
ffug – *fake*
ffurflen(ni) ac adroddiad(au) – *form(s) and report(s)*
ffwndro (gog) = drysu (de) – *to get muddled*
ffwr-bwt – *terse*

ffwrdd–â–hi – *slapdash*
ffydd – *faith*

gafael – *to hold*
galwr, galwyr – *caller(s)*
garlleg – *garlic*
giamstar (gog) = gamster (de) – *expert*
giât – *gate*; gwenu fel giât – *to smile broadly (lit. to smile like a gate)*
glanio – *to land*
glaswellt – *grass*
glin – *lap*
glynu – *to stick*
gobennydd – *pillow*
gohebydd – *reporter*
golwg bryderus – *worried look*
goriad (gog) = allwedd (de)
gorlawn – *full up*
gorliwio – *to exaggerate*
griddfan – *to groan*
gwaelod – *bottom*
gwagio – *to empty*
gwagle – *emptiness*
gwahaniaeth – *difference*
gwahanu – *to part*
gwahodd – *to invite*
gwarchod – *to protect*
gwarthus – *despicable*
gwau ei hud – *to weave its magic*
gwddw – *throat (also, neck)*
gweinydd, gweinyddes – *waiter, waitress*
gweithredu – *to take action*

gwelw – *pale*
gwirion (gog) = twp (de) – *silly, stupid*
gwn – *gun*
gwn geiriol – *verbal gun*
gwneud llygaid llo bach – *to look flirtatiously (lit. to make eyes like a calf)*
gwrandäwr, gwrandawyr – *listener(s)*
gwyrddlas – *sea–green, bluish–green*

hambwrdd – *tray*
hel allan – *to send out*
hel meddyliau – *to ponder (lit. to collect thoughts)*
hen gnawes (gog) = hen fuwch (de) – *old cow*
hiraethus – *longing, wistful*
holliach – *perfectly healthy*
hollol effro – *wide awake (lit. completely awake)*
hollol newydd – *completely new*
hunanol – *selfish*
hunllef – *nightmare*
hurt (gog) = dwl (de) – *silly*

i gyfeiriad (y sŵn) – *in the direction (of the noise)*
ias – *a shudder*
ifanc ei (h)ysbryd – *young at heart (lit. young in spirit)*

lobsgows (gog) = cawl (de) – *lobscouse, hotch–potch*
lol – *nonsense*

llamu – *to leap*
llanast llwyr (gog) = annibendod llwyr (de) – *total chaos*
llawenhau – *to rejoice*
llawfeddyg – *surgeon*
lled y pen – *wide open*
llefrith (gog) = llaeth (de) – *milk*
lletach byth – *even wider*
llithren – *a slide*
llowcio (gog) = yfed (de) – *to gulp*
llusgo – *to drag*
llyfu – *to lick*
llygadu – *to eye up*
llyncodd... ei phoer – *she swallowed her spittle*
llythyren, llythrennau – *letter, letters (of the alphabet)*

mae'n dda iawn gen i dy gyfarfod di – *it's good (for me) to meet you*
medru = gallu
meddw (de) = chwil (gog) – *drunk*
meddwn, meddwn i – *I said*
meddylgar – *pensive, thoughtful*
melfed – *velvet*
mellten – *lightning*
methu rheoli fy nhymer – *unable to control my temper*
mewn braw – *in shock*
mewn picil – *in a pickle*

mi faswn i wedi medru ei dagu (gog) = baswn i wedi gallu ei dagu (de) – *I could have throttled him*
minlliw – *lipstick*
miri – *fun, merriment*
mor werthfawr oedd hynny – *how precious that was*
mwmian – *to mutter*
mwytho – *to caress*
mymryn – *a tiny bit*
mynd i danio – *going to fire*
mynd i yrru 'mlaen yn dda – *going to get on well*
mynd i'w gragen – *to go into his shell* (cragen – *shell*)

nawddoglyd – *patronising*
nerth eu traed – *as fast as their feet can carry them*
nesáu – *to come nearer*
neuadd breswyl – *hall of residence*
neud (gog llafar) = (g)wneud
nionyn (gog) = wynwnsyn (de) – *onion*
nodweddiadol – *distinctive*
noeth – *naked*
nosi – *to become night*

o gwmpas ei phethau – *to have her wits about her (lit. to be about her things)*
o'i chorun i'w sawdl – *from head to toe (lit. from the top of her crown to her heel)*

o'i go', o'i gof – *very angry (lit. out of his mind)*
ochneidio – *to sigh, to groan*
parlwr (ffrynt) – *(front) parlour*
pawen(nau) – *paw(s)*
penglog – *skull*
person diarth, pobol ddiarth (gog) = person dierth, pobol ddierth (de) – *stranger(s)*
pia, piau – *to own*
planced euraidd – *golden blanket*
plannu – *to bury (lit. to plant)*
presenoldeb – *presence*
prin y medrwn i (weld) – *I could barely (see)*
pryder – *anxiety*
pryderus – *anxious*
pryfocio – *to provoke*
pryfoclyd – *teasing*
pwdlyd – *sulky*
pwdu – *to sulk*
pwniad chwareus – *a playful nudge*
pwrpasol – *deliberate*
pwyllo – *to take stock*
pwysau gwaith – *work pressure*

roedd gynnon ni (gog) = roedd gyda ni (de)
ro'n i'n mynd i goncro – *I was going to conquer*

rheiddiadur – *radiator*
rhewi – *to freeze*

rhiant geni, rhieni geni – *birth parent(s)*
rhiant maeth, rhieni maeth – *foster parent(s)*
rhosyn – *a rose*
rhuban – *ribbon*
rhyddhad – *relief*
rhyw chwilen yn ei phen – *a bee in her bonnet*
rhywsut – *somehow*
rhywsut neu'i gilydd – *somehow or other*

saib – *(a) pause*
sain – *sound*
sawdl, sodlau – *heel(s)*
sbardun – *spur*
sbecian – *to peek*
sbeitlyd – *spiteful*
sbio – *to look, to spy*
seicolegydd – *psychologist*
serennog – *starry, spangled*
serennu – *to sparkle (like a star)*
sgleinio – *to shine; shining*
sgrialu – *to scarper*
sgwennu (gog) = ysgrifennu
sgynno fo ddim = does ganddo fo ddim (gog) = does dim... gyda fe (de)
sgynnyn nhw ddim = does ganddyn nhw ddim (gog) = does dim... gyda nhw (de)
sigledig – *shaky*
siglen – *a swing*

siort orau – *spot on!*
siwrnai – *journey*
sleifio – *to sneak*
snobyddlyd – *snobbish*
sobri – *to sober up*
stad dai – *housing estate*
stad ddiwydiannol – *industrial estate*
stecen, stêc – *steak*
stelcian – *to stalk*
stelcian o gwmpas – *lurking around*
strach (gog) = stŵr (de) – *fuss, bother*
switsfwrdd – *switchboard*
swnian – *to whinge*
sych fel cesail camel – *as dry as a camel's armpit*
syllu'n daer – *to stare imploringly*
symudiad(au) – *movement(s)*
syth bìn – *straight away*

tacteg – *tactic*
tafell (gog) = sleisen (de) – *slice*
taran(au) – *thunder*
taro ar (ein gilydd) – *to bump into (each other)*
taro deuddeg – *to feel right (lit. to hit twelve)*
tasai o ond yn medru siarad! – *if only he could talk!*
teisen = cacen – *cake*
ti o ddifri? – *are you serious?*
ti'n gwbod fel ma Llinos (rwyt ti'n gwybod fel mae Llinos) – *you*

know how Llinos is
tila – *paltry, insignificant*
tinc siomedig – *disappointed tone*
tonfedd – *wavelength*
trafferthu – *to bother*
tresmasu – *to trespass*
trio fy ngorau glas – *to try my very best*
troi a throsi – *to toss and turn*
troi'r stori – *to change the subject*
truenus – *forlorn*
trywydd y sgwrs – *direction of the conversation*
tsiampion (gog llafar) – *champion*
tsiecio (gog llafar) – *to check*
twll clo – *keyhole*
twmpath – *a mound, a pile*
twyllo – *to trick*
tymer – *temper*
tyner – *tender*
tynnu stumiau – *to pull faces*
tywallt (gog) = arllwys (de) – *to pour*
tywallt y glaw (gog) = arllwys y glaw (de) – *to pour with rain*

thema – *theme*

ufudd – *obedient*
undeb – *union*
undonog – *monotonous*

wedi cyffroi'n lân – *very excited*
wedi drysu – *confused*

wedi llacio fy ngafael – *loosened my grip*
wedi rhewi i'r fan – *frozen to the spot*
well i ti siapio hi – *you better hurry up*
wn i = dw i'n gwybod

y byd a'r betws – *everything under the sun (lit. the world and his 'bead–house' – originally 'prayer house')*
y Gorllewin Gwyllt – *the Wild West*
ylwch (gog llafar) = edrychwch
ymdeimlad o greisys – *a sense of crisis*
ymdopi (â) – *to cope (with)*
ymdrech – *effort*
ymddygiad – *behaviour*
ymgilio – *to retreat*
ymladd am fy ngwynt – *fighting for my breath*
yn arwain at – *leading to*
yn ddi-os – *undoubtedly*
yn ddiweddarach – *later*
yn effro – *awake*
yn ei hwythdegau – *in her eighties*
yn erbyn y gyfraith – *against the law*
yn flin fel cacwn – *extremely angry (lit. angry like a wasp)*
yn gyffredinol – *generally, in general*
yn hwyr neu'n hwyrach – *sooner or later*
yn llances – *high and mighty (lit. a young lady)*

yn llwyr – *completely*
yn llygad ei le – *spot on (lit. in the eye of his place)*
yn wên o glust i glust – *beaming (lit. smiling from ear to ear)*
yn wlyb socian – *soaking wet*

yndw (gog llafar) = ydw
yntau – *he (him, it) too*
yr hwyliau gorau – *the best mood*
ysbrydoledig – *inspired*

Hefyd yn y gyfres:

£7.99

£8.99

£5.99